문학시간에 희곡읽기 2

문학 시간에 희곡 읽기 2

전국국어교사모임 엮음

Humanist

'문학시간에 읽기' 시리즈를 펴내며

문학 작품은 왜 읽을까요? 도대체 문학이란 무엇일까요?

한 국어학자는 '문학'을 '말꽃'이라고 했습니다. '꽃'이 '아름답게 피워 낸 가장 값진 열매'이니, '말꽃'은 '말로써 피워 낸 가장 아름답고 값진 결과물'이라는 것입니다.

그런데 오늘날 입시 위주의 교육 환경에서 '문학'은 과연 학생들에게 말꽃으로 다가갈까요?

학생들은 말로 이루어 낸 가장 아름다운 꽃의 향기와 아름다움을 느끼거나 맛볼 여유가 없습니다. 이번 시험엔 어떤 작품이 출제될까만 생각하며 이런저런 참고서와 문제집을 뒤적거리느라 문학의 재미와 아름다움을 맛보고 느낄 겨를이 없으니까요.

전국국어교사모임은 학생들에게 문학의 참맛을 느끼고 맛보게 해 주고 싶었습니다. 그래서 문학사 중심, 지식과 기능 중심의 문학 교재가 아닌, 학생들이 재미있게 읽으면서도 자신의 지적·정서적 경험을 넓힐 수 있는 문학책을 만들게 되었습니다.

'문학시간에 읽기' 시리즈는 전국의 국어 선생님들이 숱한 토론을 거치면서 가려 뽑은 작품들로 구성되었습니다. 학생들이 즐겨 읽고 크게 감동한 작품들, 학생들의 감수성과 상상력을 풍부하게 만든 작품들과 만날 수 있습니다.

이제 학생들이 논술과 수능 준비를 위해 어렵게 외우고 풀어야 하는 문학이 아닌, 나와 우리의 이야기가 녹아들어 있는 문학, 느끼고 생각할 수 있는 문학, 진실한 얼굴의 문학을 만날 수 있기를 바랍니다.

2013년 5월

전국국어교사모임

머리말

서울 광화문 네거리에 있는 전국국어교사모임 사무실. 이미 어두워진 저녁 시간에 선생님들이 모여 있다. 허기를 달래기 위해 사 온 김밥과 떡볶이, 그리고 식어 버린 커피가 담긴 컵들을 앞에 두고 다섯 시간 넘게 진행된 회의에 모두들 지친 표정이다. 회의 진행을 맡은 이 선생님이 한숨을 쉬며 자료를 뚫어져라 쳐다보고 있다.

경민 마마(이경민) : (반쯤 감긴 눈을 억지로 뜨며) 배고프고, 눈은 감겨 오고…… 시간이 갈수록 온몸이 쑤셔 오는군요. 마치 우리가 배고픈 단역 배우 같네요. 7년 전 《문학시간에 희곡읽기》를 처음 만들었을 때도 힘들긴 했지만, 부족한 부분을 보완하는 일이 더 어려운 것도 같아요. 이 힘든 일을 왜 다시 하기로 했을까요?

버터 왕자(이형빈) : (느끼한 목소리로) 뭐, 그런 거 아니겠습니까? 연극 공연을 준비하려면 무지 힘들고 고달프지만 막상 공연을 끝내고 나면 또다시 새로운 공연에 대한 의욕이 불끈 솟아나는 거…… 음…… 일종의 중독이라고나 할까. 우리 학생들도 이런 희곡 작품의 매력을 맛보게 해 주고 싶은 사명감 같은 거. 우리 학생들 초등학교 때나 연극 공연을 해 봤지 정작 고등학교에 와서는 시나 소설밖에 볼 기회가 없잖아요. 그런 학생들에게 교과서에 나오는 딱딱한 희곡 말고 좀 더 생생한 느낌이, 거 뭐냐, 물고기처럼 팔딱거리는 희곡을 안겨 주고 공감을 얻어 내고 싶은 욕구 때문에 우리가 이 고생을 하는 거 아니겠어요? (주위를 둘러보며) 어허, 제가 모처럼 진지한 이야기를 하니 다들 감격하시네.

꼬마 앨리스(고화정) : (웃음이 나오는 입을 가리며) 맞아요, 선생님. 적응이 안 돼요. 교과서에 실린 희곡 작품들을 수업하다 보면, 사정없이 토막 내어 정체를 알 수 없는 음식을 먹는 듯한 느낌이었어요. 학생들이 재미없고 힘들다는 신호를 보낼 때마다 지치고 기운이 빠졌어요. 희곡 읽기에 매력을 느껴야 연극을 보거나 공연을 하고 싶은 욕구로 이어지게 되고, 그래야 희곡이 자신에게 의미 있게 받아들일 수 있을 텐데 말이에요.

임 종사관(임종수) : (고개를 끄덕이며) 남학생들만 데리고 수업하는 저는 더 힘들어요. 그런 의미에서 우리 책에 학생들이 재미있게 읽고 자기 삶을 바라볼 수 있는 작품도 함께 싣기로 한 건 잘했다고 봅니다. 또 이왕이면 수업 시간에 학생들이 직접 공연하기 좋은 작품을 실으면 좋겠고요. 그러려면 교과서처럼 토막글을 싣지 말고 작품 전체를 온전하게 실어야 하겠지요.

산문 시인(왕지윤) : (수줍은 표정으로) 선생님들이 말씀하신 원칙으로 7년 전에 《문학시간에 희곡읽기》를 펴냈지만, 벌써 시간이 꽤 지났어요. 그러니 학생들이 잘 이해하지 못하는 작품은 과감하게 빼고, 최근에 새로 발표된 작품을 골라 넣을 필요가 있겠습니다. 그리고 사회 문제를 다룬 작품, 아름다운 사랑을 다룬 작품, 인생의 의미를 생각할 수 있는 작품 등 다양한 주제를 고루 아울러야 하겠고요. 또 작품 이해에 도움이 될 만한 도움글도 넣고, 작품을 읽고 나서 생각할 거리나 함께 할 학습 활동 같은 것도 있으면 수업 시간에 활용하기 좋겠지요. 거기다 연극 공연에 도움이 될 만한 참고 자료 등을 제시하여 학생들이 희곡과 연극에 대해 다양한 것을 알 수 있는 체제로 구성해야겠어요.

경민 마마(이경민) : (커다란 눈을 반짝이며) 선생님들 말씀이 맞아요. 사실 희곡은 우리 삶과 가장 닮아 있으면서도, 프라이팬의 기름방울처럼 톡톡 튀는 대사들이 가득한 보물 창고잖아요. 처음에는 조금 어려울 수도 있겠지만, 데이트하러 가는 것처럼 신나게 이 책을 만나게 된다면, 영화나 드라마를 보듯 편안하게 희곡의 맛을 느낄 수 있을 거예요. 작품 하나하나를 끝까지 읽고 무대 공연을 상상해 본다면, 마치 멋진 배우가 되어 무대에 서는 느낌을 받을 수 있겠지요. 바로 그 순간, 희곡만이 지닌 짜릿한 흥분과 감동이 아이들의 책상에 펼쳐질 것이고요. 자, 그럼 이제 이야기를 정리해 볼까요? 오늘 저녁은…… 제가 쏘겠습니다!

모두들 책을 덮고 일어난다. 아까와 다르게 생기 넘치는 표정이다. 남은 음식, 커피 잔 등을 치우고 분주하게 탁자 위를 정돈한 뒤, 가방을 챙겨 사무실 밖으로 나간다.

불이 꺼진다.

2013년 9월

'문학시간에 희곡읽기' 집필모임

일러두기

1. 《문학시간에 희곡읽기》는 연극을 관람하는 일에 친숙하지 않은 학생들이 희곡 작품을 친근하고 폭넓게 만날 수 있도록 구성한, 열 편의 희곡 선집입니다. 전통극을 계승한 마당극 형식의 작품은 물론 최근 공연작, 외국의 고전 작품과 경쾌한 소극, 그리고 사회성이 짙은 작품과 실험 정신이 강한 작품에 이르기까지 다양한 스펙트럼의 작품들로 구성하였습니다.
2. 《문학시간에 희곡읽기》는 희곡을 처음 대하는 학생이나 교과서에 실린 천편일률적인 희곡 읽기에 지친 학생들을 대상으로 만들어졌습니다. 또한 수업 시간에 선생님들이 학생들과 함께 할 수 있는 활동거리와 자료들을 수록하였습니다.
3. '마중글'은 희곡을 읽어 내기 위한 방향을 잡아 주는 글입니다. 연극을 보기 전 무대를 둘러보는 기분으로 그 희곡의 전체 분위기와 얼개를 머릿속에 떠올리며 읽는다면 좀 더 생생한 희곡 읽기가 될 것입니다.
4. '작품'은 대부분 전편을 실었습니다. 하나의 작품에 대한 온전한 감상과 평가는 작품 전체를 읽은 뒤에야 가능하기 때문입니다. 옴니버스 형태나 장막극 형태의 희곡은 의미 있는 부분을 가려 실었으나 작품의 이해와 감상이 훼손되지 않도록 하는 데 노력하였습니다.
5. '활동거리'에는 작품을 읽고 난 후 학생들이 스스로 혹은 수업 시간에 함께 생각해 볼 거리를 제공하였습니다. 작품의 줄거리나 구조, 인물의 특성, 주제 의식 등 작품 이해에 도움이 될 만한 내용뿐만 아니라 실제 작품을 공연으로 옮길 때 생각해 볼 만한 내용까지 제시하였습니다.
6. '정보 쌈지'에는 연극 공연에 대한 다양한 정보를 알기 쉽게 제시하였습니다. 연극을 관람하는 데에 도움이 될 만한 정보, 학생들이 연극 공연을 쉽게 할 수 있도록 도움이 될 만한 내용으로 이루어져 있습니다.

차례

'문학시간에 읽기' 시리즈를 펴내며 · 4

머리말 · 6

신 태평천하 김재석 · 12

파수꾼 이강백 · 58

굿 닥터 닐 사이먼(박준용 옮김) · 98

그 여자의 소설 엄인희 · 136

용팔이 강다민 · 200

정보 쌈지

연극, 실제로 해 보기

김재석

신 태평천하

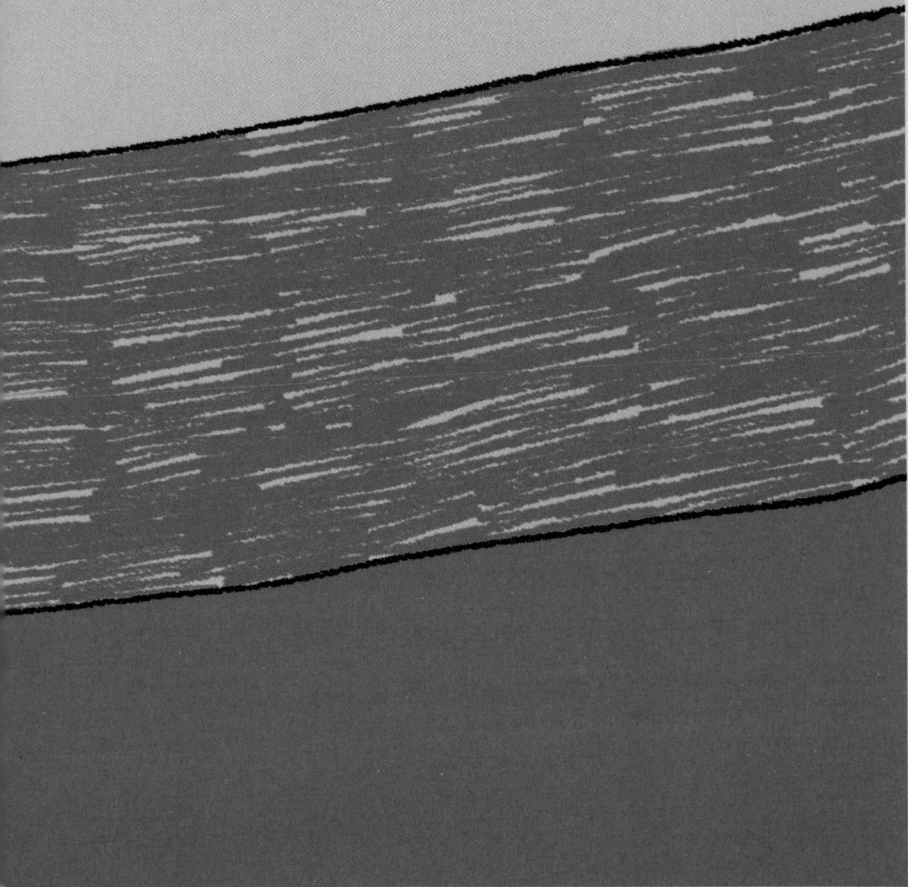

마중글

〈신 태평천하〉는 1994년 극단 '함께사는세상'에서 공연한 마당극입니다. 이 작품은 일제 강점기의 시대적 모순을 풍자한 채만식의 장편소설 〈태평천하〉(1938)를 희곡으로 바꾸어 1970년대 상황을 담아낸 것입니다.

원작 소설 〈태평천하〉의 주인공인 대지주 윤직원 영감은 몹시 인색한 성격의 부자입니다. 인력거를 타도 잔돈이 없다는 핑계를 대며 요금을 떼어먹기 일쑤이며, 비싼 소작료를 받고 농민에게 소작을 주면서도 그것을 자선 사업이라고 생각합니다. 게다가 윤직원 영감은 철저한 친일파로 경찰서에 많은 돈을 기부하고 자신의 재산을 보호받습니다. 더 많은 권력을 누리기 위해 큰손자는 면서기를 시키며 장래에 군수가 되기를 바라고, 작은손자는 동경 유학을 보내며 장래에 경찰서장이 되기를 바랍니다. 이렇게 부와 권력을 누리는 윤직원 영감은 일제 강점기를 '태평천하'라고 여깁니다.

희곡 〈신 태평천하〉의 주인공 윤두껍 사장도 〈태평천하〉의 윤직원 영감과 비슷한 인물입니다. 그는 1970년대 부동산 투기와 사채업으로 재산을 불린 후, 권력을 키우기 위해 큰아들은 검사에게 줄대기를 시키고, 딸은 변호사에게 시집보내려 하며, 막내아들은 장관이 되기를 바라며 서울 유학을 보냅니다. 과연 윤두꺼 사장은 자신이 바라는 '태평천하'를 누릴 수 있을까요?

이 두 작품은 모두 부와 권력만을 추구하는 인색한 인물의 삶을 그려 내고 있고, 그 인물의 부정적인 행적을 폭로하는 방식이 독특합니다. 원작 소설 〈태평천하〉가 판소리에서 많이 쓰이는 문체를 이용하여 주인공 윤직원 영감을 풍자했다면, 희곡 〈신 태평천하〉는 마당극이라는 형식을 통해 주인공 윤두꺼 사장을 풍자하고 있습니다. 이 마당극에서는 특별한 무대 장치가 없는 원형 무대를 활용하여 배우들이 관객들 사이로 등장하고 퇴장합니다. 그렇기 때문에 무대와 관객 사이에 거리감이 적게 느껴집니다. 또한 구수한 입담을 가진 변사가 주인공의 과거 행적이나 극중 상황을 관객들에게 직접 전달해 줍니다. 그러면서 변사는 관객과 한통속이 되어 주인공을 조롱하기도 합니다. 이러한 모습은 우리나라의 전통극인 탈춤이나 산대놀이, 들놀음 등에서 말뚝이가 양반들을 조롱하는 것과 비슷합니다. 이제 전통극과 현대극의 특징을 함께 갖춘 〈신 태평천하〉를 감상해 보도록 합시다.

등장인물 | 윤 사장, 윤 사장의 아내, 윤거부(윤 사장의 첫째 아들), 윤 사장의 며느리, 윤미영(윤 사장의 딸), 최대복(고문 변호사 겸 비서), 운전기사, 강도, 미스 리, 미스 박, 부하(젊은 시절 윤 사장의 부하)

마당극이므로 사실적 무대 배경이나 장치를 필요로 하지 않는다. 가면극의 무대처럼 원형 무대가 적절하며 배우들은 관객석 사이로 등퇴장하도록 한다. 반주자는 공연 현장에서 여러 악기를 직접 사용해서 장면과 장면 사이에 적절한 음악과 음향 효과를 넣는다. 적당한 크기의 탁자에 마이크를 비치하여 변사 석으로 활용하도록 하며, 윤 사장의 탐욕을 상징하는 거대한 만 원권 지폐를 공연장의 적당한 곳에 비치해 두면 좋겠다.

변사 (무대에 등장하여 정중하게 인사를 한 후) 한여름의 뜨겁던 태양도 열기를 잃어 이제는 제법 선선한 바람이 불어오곤 하는 가을 저녁. 여기는 대구에서도 현금 많기로 소문난 부자 윤두껍 사장의 초호화 저택 앞입니다. 사장이라고는 하지만 기업을 경영하는 사장이 아니라, 금융업과 부동산 관계 일을 주업으로 하는 '태평기획'의 사장입니다. 그렇지만 대부분의 사람들은 그를 가리켜 사채업자라거나 부동산 투기꾼이라고 부릅니다. 물론 윤 사장 뒤에서만 그러지요.

돈 벌 일이라면 자다가도 벌떡 일어나 천 리 길을 마다 않고 달려가는 윤 사장에겐 많은 별명이 붙어 다니는데, 주로 '자린고

비, 노랭이, 짠돌이, 놀부 영감, 소금가마, 돈 귀신'처럼 듣기에 좋지 않은 것만 스물세 가지나 됩니다요. 그가 제일 좋아하는 말은 "개같이 벌어 지 맘대로 쓰자."이며, 제일 싫어하는 말은 연말연시마다 "불우 이웃을 도웁시다."라고 하는 말입니다. 놀부 윤 사장은 돈(錢) 자만 보면 그저 기분이 좋은 체질이라, 성냥도 돈표 성냥만 쓰고, 자식들한테도 돈가스만 먹게 하는 사람입니다. 그런 윤 사장이 하루의 일과를 마치고 집으로 돌아오고 있습니다.

윤 사장과 기사가 차를 타고 들어오는 몸짓의 춤을 추며 등장.

윤 사장 (거만한 몸짓으로 차에서 내리면서) 인제 돌아가게.

기사 저, 저, 사장님.

윤 사장 음, 와 그카노?

기사 기름이 다 됐는데예.

윤 사장 빠가 싸노브비치(ばか son of bitch). 아니, 이틀 전에 오만 원어치나 넣었는데 벌써 엥꼬라니 그기 말이나 되는 소리가?

기사 (급하게 수첩을 꺼내 들고) 저…… 어제 오만 원어치 넣고 집으로 왔고예, 그 거리가 4키로에, 어제 아침 팔공산 골프장까지 16키로에, 시의원님을 모시고 거기서 싸우나까지 간 기 25키로에, 또…….

윤 사장 알겠다. 별 도움도 안 된 시의원인가를 태워 준 기 아깝구마.

기사 (으스대며) 그것도 지가 몰기에 그 정도지예.

윤 사장 자네 앞에 있었던 오 군은 100키로는 문제없었는데. 아까운 녀석이야. 월급만 올려 달라 카지만 않았어도 평생 델꼬 있는 긴데. 그건 그렇고, 자네 만 원 있제?

기사 지한테 무슨 만 원씩이.

윤 사장 아, 사람이 쫀쫀하기는. 지금 내한테 고액 수표밖에 없어서 그카이 우선 자네 돈을 좀 쓰게.

기사 (주저주저한다.)

북소리.

변사 이 기사 양반, 속에서 천불이 올라오지만 쫓겨날까 두려워 아무 말도 못하고 있는데, 그도 사람인 이상 어찌 하고 싶은 말이 없을 것인가. 어이 기사 양반, 한번 해 보소.

기사 (때릴 듯한 자세로) 야! 니 일로 와 봐라.

윤 사장 (놀라서) 와예?

기사 와예? 야 임마, 쫀쫀하기는 누가 쫀쫀해. 문디 콧구멍에 마늘을 빼 무라, 이노무 자슥아!

윤 사장 (안절부절못한다.)

기사 윤 사장! 니 전번에 기름값도 입 싹 닦았제, 주차비도 띠묵었제, 고속도로 통행료도 잔돈 없다 카고 안 줬잖아. 기억 안 나나?

윤 사장 죄송합니다. 지가 정신이 없어 가꼬 깜빡……. (수표를 꺼내 내밀며) 여 있심더.

기사 (거만하게 수표를 받아 넣으며) 니 대가리는 우째 고런 것만 골라서 이자뿌리노. 술집 지집아들하고 한 약속은 하나도 안 이자뿌면서.

윤 사장 앞으로 절대 그런 일이 없도록 하겠심다. 한 번만 용서해 주이소.

기사 한 번만 더 약한 사람 등쳐먹으면 (주먹을 내밀며) 내 손에 죽을 줄 알아라, 빌어묵을 놈아!

북소리.

윤 사장 이 자슥이 머를 중얼중얼거리노.

기사 아무것도 아이라예. 그런데 지한테 삼천 원밖에 없어서…….

윤 사장 명색이 사내대장부가 그깟 돈 만 원에 벌벌 떠나? 할 수 없제. (돈을 꺼내어 두어 번 퉁겨 본 다음 만 원인 것을 확인하고 내준다.)

기사 (허리를 구십 도로 굽혀 인사하고 차를 몰고 떠나며) 아침 여덟 시에 모시러 오겠심다.

윤 사장 차 조심해라. 고 녀석 깐깐하기는…….

그때 아들과 며느리가 달려 나오며 인사를 한다.

며느리 아버님, 이제 오세요? 더우시죠?

윤거부 아버님, 피곤하시겠습니다.

윤 사장 (큰 소리로) 이 자식들아! 함부로 문 열면 안 된다꼬 내가 몇 번 말했나, 엉?

며느리 (기가 죽어) 차 소리가 났는데도 아버님이 안 들어오시길래, 제가 모니터로 확인을 하고…….

윤 사장 야야, 며늘아. 내가 귀에 못이 백히도록 일렀는데, 아직도 정신을 못 차리나.

윤거부 (아내에게) 내가 뭐랬어, 건방지게…….

윤 사장 시끄럽다, 이 못난 자슥아.

변사 손님들 중에는 윤 사장 저 영감이 왜 저러나 하고 궁금해 할 분들도 많은 것 같으니, 자초지종을 말씀드리지요. 바로 한 달 전쯤의 일입니다. 지금처럼 어둑어둑해지려는 저녁 무렵에 어떤 이가 찾아와 벨을 눌렀습니다. 띵똥, 띵똥.

변사의 설명이 진행되는 사이, 무대는 윤 사장과 일행이 거실에서 이야기를 나누고 있는 상황으로 바뀐다.

윤거부 (방범 모니터로 확인하면서) 거 누구쇼?

소리 (아주 빠르게) 예, '대한 사회복지 장기발전 연구회' 산하 '새국민 여론조사 센터'에서 윤 사장님의 고견을 청취하고 싶어서 왔습니다.

윤 사장 야야, 저 뭐라 카는 소리고? 혹시 기부금 같은 것 받으러 온 놈들 아이가?

윤거부 글쎄요? 말이 워낙 빨라서 잘 모르겠습니다.

소리 잠깐만 시간을 내 주시면 사례금도 두둑이 드립니다.

윤 사장 뭐, 돈? 얼렁 문 열어 줘라.

강도 (칼을 들고 뛰어들면서) 손들어! 모두 이리로, 이리로! 빨랑빨랑 움직여!

윤 사장 일가는 완전히 얼이 빠졌다.

강도 (아들에게) 몽땅 묶어!

윤거부 (주춤거리면서 집안 식구들을 묶는다.) 제발 살려 주세요!

윤 사장 (살살 묶으라는 신호를 보낸다.)

강도 (눈치를 채고) 꽉 묶어! (아들을 묶으면서) 자슥, 말은 잘 듣네. 윤 사장, 돈 될 만한 거 몽땅 내놔 봐.

윤거부 저, 텔레비전하고 냉장고…….

강도 주둥이 닥치라, 이 자식아! 소문 다 듣고 왔데이. 집 안에 꼬불쳐 둔 돈 많다믄서? (관객석으로 가서 이곳저곳 뒤져 본 후) 도대체 어디 숨겨 놓은 기고? 어이, 영감탱이. 좋은 말 할 때 내놔라.

윤 사장 저……, 이…… 보…… 소. 우리가 무슨 돈이 있노? 혹시 옆

집으로 갈 것을 잘못 알고 들어온 거 아이가? 옆집에는 돈이 많다 카던데…….

강도 씨꺼 짜샤. 니놈이 대구에서 돈놀이로 악명 높은 윤가라는 걸 다 알고 왔다카이. 허튼수작 부리지 말고 내놔라.

며느리 선생님! 정말입니다. 한 번만 봐주세요.

강도 내가 와 니 선생이고? 이것들이 따끔한 맛을 봐야 정신이 들겠나, 엉!

윤 사장 (갑자기 큰 소리로) 없다, 이놈아! 니 마음대로 뒤져 봐라! 가져갈 것 있으면 다 가 가라. 내같이 청렴하게 살아가는 사람이 또 어데 있다고 이 난리고?

강도 청렴? 웃기고 있네. 야 임마, 지나가던 똥개가 웃고 가겠다. 니놈이 한 짓을 낱낱이 얘기해 주까?

윤 사장 …….

강도 돈 천 원 빌려 주곤 만 원이나 빼앗아 가는 녀석은 대한민국에 니 하나뿐일 끼다. (흥분해서) 야, 이 자식아! 너 며칠 전에도 카센타 하나 말아먹었잖아.

윤 사장 (벌떡 일어선다.) 니놈은…… 빠가 싸노부비치!

강도 그래, 내가 누군지 알겠나? (복면을 벗는다.)

윤 사장 이 나쁜 놈아!

강도 나쁜 놈? 돈 오백만 원 빌려 주곤 이자는 악착같이 받아 가고, 원금을 갚으려고 하면 슬쩍 도망가 버리고선, 그러다 만기 날짜 지나면 차압 딱지 딱 붙여? 야, 이 나쁜 놈아, 도둑놈아! 야,

돈 내놔라. 내 돈 내어놓으란 말이다!

윤 사장 참말로 웃기고 있네. 야 이놈아, 니 줄 돈 있으마 내가 묵고 죽겠다. 이 도둑놈아!

강도 야, 도둑놈아, 니 죽을라 카나?

윤 사장 죽여라, 이 도둑놈아.

강도 그래, 이 도둑놈아. 하기야 니는 목숨보다 돈이 중요한 놈이니까. (며느리의 목에 칼을 대며) 야, 셋 셀 때까지 돈을 내어놓지 않으면 칵 죽여 뿔 끼다.

며느리 살려 주세요. 제발…….

윤 사장 그래, 찔러 봐라. 니놈은 성할 줄 아나?

강도 굶어 죽으나 사형당하나 마찬가지 인생이데이. 하나!

윤거부 아버님…….

윤 사장 (끄떡도 않고 있다.)

강도 두울!

윤 사장 돈이든 뭐든 은행 금고 속에 깊숙이 넣어 두는 기 내다. 집에는 돈 없다!

강도 세엣! (하면서 칼을 치켜든다.)

윤거부 강, 강도님, 잠깐만!

강도 뭐꼬?

윤거부 저기, 병풍 뒤에.

윤 사장 야, 이 자슥아. 무슨 소리고? (미친 듯이 발광하며) 이 나쁜 노무 자슥아!

강도 (가서 달러 뭉치를 찾아낸다.) 우와, 굉장하데이.

윤 사장 야, 이 도둑놈아. 그것만은 안 된다. 그기 우짠 긴데! (발악한다.)

강도 야, 이 도둑놈아. 딸러를 이렇게 많이 가지고 있어도 되는 기가, 엉? 이 자식들 이런 식으로 돈 빼돌려 가꼬 외국까지 나가 땅 투기하고, 돌대가리 자식새끼들 유학 보내 나라 쪽 팔리게 만드는 기구마. 우와, 속 터지네.

윤거부 강도님, 잘못했습니다. 제발 우릴 불쌍하게 여기시고 살려주세요.

강도 (거만한 태도로) 좋아, 니 정성이 갸륵해서 한 번 봐준데이. 대신 이 돈은 내 애국적 양심으로 도저히 그냥 둘 수 없으니 압수할 끼다. 알았나?

윤거부 감사합니다, 도둑님.

윤 사장 (다급하게) 도둑놈아, 그건 안 된다. 내 우리나라 돈으로 주께. 아니…… 니 카센타 돌려주꾸마.

강도 도둑놈? 내가 도둑이면 니는 도둑 할애비다, 이 도둑놈아. 잘 있어라. 정의의 사자는 가신다.

강도, 춤을 추며 나간다. 객석 사이로 나가다가 관객의 호주머니까지 털어 간다.

망연자실한 윤 사장, 울고불며 악을 쓰다가 기절한다.

변사 어허, 서로가 서로를 보고 도둑놈이라니, 진짜 도둑이 누구인지 알 수가 있나? 한참 있다가 겨우 정신을 차린 윤 사장. 잃어버린 딸라 뭉치를 생각하곤 또다시 기절해 버렸습니다. 그 뒤 일주일 동안을 깨어나면 통곡하다가 기절하고 깨어나면 통곡하다가 기절하기를 반복했고, 열흘 동안 식음을 전폐했다고 합니다요. 그 사건이 있은 후, 윤 사장은 집안 단속에 온 신경을 썼습니다. 집 주위에 감시 카메라를 설치하고, 경찰서와 직통 핫라인을 개설해 두고선 그것도 모자라 담장 주위에 고압선까지 설치했습지요. 그러고도…….

설명이 진행되는 사이, 무대는 다시 윤 사장 집 앞에서 이야기를 나누던 상황으로 돌아간다.

윤 사장 내 말 명심하래이. 이 세상 사람들은 우리만 빼놓고는 몽땅 도둑놈이다. 남으 돈을 공짜로 먹을라 카는 나쁜 놈들뿐이다, 이 말이다. 그카이 우리의 안전은 끝까지 우리가 지키야 된다. 알아듣겠나? 오늘 일은 내 용서한다마는 다음부터는 절–대로 이런 실수가 없도록 해라.

며느리 (안도의 한숨을 쉬며) 예.

윤 사장 그래도 만일을 대비해서 다시 한 번 확인 연습을 해 보자. 자, 내가 부저를 눌렀다.

며느리 (모니터를 보는 시늉하며) 누구세요?

윤 사장 내다.

며느리 내가 누구세요?

윤 사장 어허, 내라카이.

며느리 우리 집에 내라는 사람은 없다. 통과하려면 암호를 대라.

윤 사장 개나리.

며느리 무궁화.

윤 사장 복숭아.

며느리 오렌지.

윤 사장 선풍기.

윤거부 통과. 문 열어.

윤 사장 잘했어, 잘했어. 앞으로도 그렇게 해라. 아가야, 거듭 명심 해라. 이 세상 사람은 다 도둑이다, 도둑!

변사 이렇게 한바탕 난리를 치르고 집으로 들어간 윤 사장, 집에서 기다리던 고문 변호사 겸 비서인 대복이와 만나 사무적인 일 몇 가지를 처리해야 합니다. 최대복은 고생 끝에 사법 고시에 합격하였지만, 별 볼 일 없는 변호사로 지내다가 윤 사장을 만나 그의 일을 돌봐 주게 되었습니다. 지금 현재 그의 최대 관심은 어떻게 해서든지 윤 사장의 고명딸과 결혼하여 이 집안의 막대한 재산에 기대어 볼까 하는 것입니다.

윤거부 아버님, 최 비서가 한 시간 전부터 기다리고 있습니다.

윤 사장 그래? 지금 어데 있노?

며느리 아가씨와 방에서 말씀을 나누시고 있는데요.

윤 사장 어서 나오라 캐라.

며느리 예. (퇴장)

윤 사장 니는 제비같이 쭉- 빼입고 어데 가노?

윤거부 김 검사하고 술 한잔 하기로 약속이 되어 있어서.

윤 사장 아, 김 검사? 힘깨나 쓴다고 소문난 그 사람 말이제? 돈 걱정 하지 말고 관계를 잘 닦아 놔라, 알겠제? 적당히 용돈도 좀 집어 주고.

윤거부 그럼요, 그럼요. 제가 누굽니까? 그럼 다녀오겠습니다. (인사하고 퇴장)

윤 사장 (흐뭇하게 웃으며) 그 자슥, 신통도 하데이!

딸 미영과 변호사 최대복 등장. 딸은 명랑해 보이나 최대복은 풀이 죽은 표정이다.

윤미영 아빠 오셨어요?

최대복 (정중하게 인사하며) 사장님, 이제 오셨습니까?

윤 사장 음. 그런데 자네는 와 그래 우거지상이고? 뭐 안 좋은 일이라도 있나?

최대복 (당황하며) 아닙니다.

윤 사장 (딸과 최대복을 번갈아 보며) 벨일 아니라? 내 샤워하고 올

테니 잠깐만 기다리게. (퇴장)

최대복 미영 씨, 다시 한번 생각해 주십시오. 결혼해도 미영 씨 하고 싶은 일은 모두 하실 수 있습니다. 제가 열심히 밀어 드리겠습니다. 사장님께서도 저를 좋아하시지 않습니까?

윤미영 착각하지 마세요. 아빠는 아빠구 전 저예요.

최대복 미영 씬 도대체 내가 왜 싫은 겁니까?

윤미영 춤을 출 줄을 아나, 노래를 부를 줄 아나. 당신 이런 노래 알아요? (한창 유행 중인 노래를 흥얼거리다가) 게다가 나하고 나이 차이가 많이 나서 싫단 말이에요.

최대복 노력하겠습니다.

윤미영 노력하긴 뭘 노력해요?

최대복 미영 씨, 전 한다면 하는 놈입니다. 미영 씨를 만족시킬 수 있도록 열심히 노력하겠습니다.

윤미영 딴소리 말고 솔직히 말하세요. 나보다는 아빠가 가진 돈이 더 매력적이라고.

최대복 (당황한다.)

윤미영 (은근한 목소리로) 대복 씨.

최대복 예.

윤미영 (매정하게) 제발 꿈 깨세요. 돈 많고 잘생긴 젊은 애들이 같이 놀자고 줄 서 있는데, 내가 뭣 때문에 다 늙은 대복 씨를 택하겠어요? 머리가 좋다구요? (웃는다.) 요즘 세상에 머리로 할 수 있는 일이야 고리타분한 월급쟁이밖에 더 있나요? 의사? 판

검사? 변호사? 교수? 우린 그런 거 우습게 생각해요. 부모가 물려준 재산 가지고 한평생 편하게 즐기며 살 수 있는데 왜 그런 재미없는 일을 해요?

최대복 …….

윤미영 (장난기가 발동해서) 대복 씨! 내가 문제 하나 낼게 알아맞혀 보실래요?

최대복 예?

윤미영 머리가 얼마나 좋은지 알아보자구요. 정답을 맞히면 결혼 문제를 생각해 볼게요.

최대복 (갑자기 생기가 돌면서) 자신 있습니다. 문제를 내시죠.

윤미영 부자와 가난한 사람들의 차이를 여섯 가지로 나누어 설명해 보세요. 주관식이에요.

최대복 아, 예, 쉽군요. 사회학적 관점에서 보면, 부자(富者)와 빈자(貧者)에 대한 개념 정의는 크게 두 갈래로 나누어 볼 수 있는데, 마르크스가 등장하기 이전에는…….

윤미영 땡! 두 가지가 아니고 여섯 가지라니까요.

최대복 어느 학자가 그렇게…….

윤미영 잘 들어 보세요, 변호사 나으리. 첫째, 부자는 지갑에 '골프 회원 카드'를 넣고 다니고, 가난한 사람은 '버스 카드'를 넣고 다닌다. 둘째, 부자는 주로 '맨숀'에서 살고, 가난한 사람은 '맨손'으로 산다. 셋째, 부자의 친구는 '실업가'들이고, 가난한 사람의 친구는 '실업자'들이다. 넷째, 부자는 '개소주'를 마시고, 가난한 사람은 '깡소주'를 마신다. 다섯째…….

최대복 (화가 나서 말을 끊으며) 미영 씨, 그런 식으로 세상을 살아가니까 욕먹는 겁니다.

윤미영 뭐라구요?

최대복 지금 바깥에서 이 집안을 보고 욕을 얼마나 많이 하는지 아십니까?

윤미영 누가 우릴 욕해요? 거지 같은 자식들!

최대복 미영 씨나 오빠나 정신 차려야 합니다. 미영 씨는 차려입고 놀러 다니는 것 말고 하는 일이 뭐 있습니까? 오빠는 시내 깡패들과 어울려 다닌다고 소문이 쫘합니다. 정신 차리지 않으면 이 집안은 곧 개판이 될 겁니다.

윤 사장 (조금 전부터 나와서 이야기를 듣고 있다가 화가 나서) 빠가 싸노브비치! 악담을 해도 너무 심하게 하는구마.

최대복 (기절할 듯이) 사 — 장 — 님.

윤 사장 우리 애들이 할 일 없이 놀러나 다니는 걸로 보이나, 자네 눈에는?

최대복 그게 아니라, 저는 어디까지나 사장님과 이 집안을 사랑하는 마음에서…….

윤 사장 그러니까 자네 형편이 이 모양 이 꼴이란 말이다. 우리 애들은 그냥 놀러 다니는 기 아이고, 그 뭐시기냐…….

윤미영 비즈니스.

윤 사장 아, 그래…… 삐지니스. 삐지니스를 하러 다니는 거란 말이다, 알겠나? 사업에 따라 삐지니스도 달라지는 기야.

변사 비즈니스라. 세상에 술 마시고 놀러 다니는 것이 비즈니스라면 그보다 더 팔자 좋은 일이 어디 있겠습니까? 그런데 이런 이야기가 왜 나오느냐? 그건 윤 사장의 위대한 깨달음과 관계가 있습니다요. 윤 사장이 떼돈을 벌게 된 것은 세상 물정을 바라보는 재주가 남보다 뛰어났기 때문이었습니다. 그중에서 토지 사기단 시절의 비밀 한 가지만 살짝 엿볼까요? 자, 시간은 거꾸로 흘러 장발이 유행하던 시대로 올라갑니다.

윤 사장과 그의 부하, 지도를 가지고 등장. 관객을 상대로 토지 구매에 관한 설명을 시작한다.

윤 사장 지를 믿고 찾아 주신 복부인 여러분! 아, 저기 복남자도 계시네예. 감사합니데이. 이번에 지가 전해 올리는 정보는 엄청난 자금을 동원해서 겨우 빼내 온 특급 중에서도 특급 비밀 사항입니더. (지도를 펼쳐 들고) 여기 쫌 보소. 보시마 알겠지만 첩첩산중이라예. 그란데 지가 입수한 정보, (뜸을 들이며 관객을 둘러본 뒤) 특급 정보에 의하면 포항과 전남의 광양을 잇는 고속도로가 내년에 착공된다 카네예. 포항제철에서 만든 철이 식어서 굳기 전에 광양에 도착해야 안 되겠십니꺼? 그카이 고속도로는 꼭 있시야 됩니더.

부하 (관심 없어 보이는 관객에게 다가가 위협조로) 돈 벌기 싫은 사람은 나가요, 나가! 아니면, 잘 들어요.

윤 사장 죄송합니더. (딱딱한 말투로) 이 친구가 워낙 거칠어서. 살인죄로 빵에 갔다 온 지 얼마 안 됐거든예. (다시 나긋나긋한 말투로, 그러나 빠르게) 고속도로가 뚫린다 캐도, 다 투기 예상 지역으로 묶여 있어가 다른 곳은 재미가 없심더. 그러나 제가 누굽니꺼? 지 눈엔 환-히 보인다 아입니꺼. 바로 요 지역! 거창을 넘어 지리산으로 가는 이곳은, 지금은 험한 산악 지대지만서도, 앞으로 고속도로만 뚫리게 되면 특급 레저타운으로 각광을 받을 낍니다. (관객에게) 자, 살 사람들은 빨리빨리 손 드이소. (관객들의 반응을 확인한 후) 손 드신 분들에게만 좀 더 상세한 정보를 말씸드리까예? (목소리를 낮추어) 거창 옆에 있는 가조 온천 알지예? 그 온천 맥이 이 아래로 흐르고 있다는 사실도 확인이 됐심더. 땅값요? 완전 공짜지예. 평당 오천 원. 그러니까 십만 평을 사도 일 억밖에 안 됩니더. 사 두기만 하믄 내년엔 적어도 스무 배가 오르는 거라예. 그라믄 일 곱하기 이십은 이십, 즉 이십억은 문제가 없다, 이 말 아입니꺼. 에 또…….

변사 자, 그쯤에서 자르고. 그 다음엔 어떻게 했지?

윤 사장 아무 짝에도 쓸모없는 땅만 팔고 토끼는 기지 뭐.

변사 속아서 땅 산 사람들이 아무 소리 안 해?

윤 사장 복잡한 문제가 생기마 (부하를 가리키며) 저 친구가 알아서 해결하고, 내는 잠시 외국에 나갔다 오면 되는 기라.

변사 잘 보셨지요. 이런 식으로 70년대에 엄청난 돈을 챙겼고, 그 돈을 가지고 이리 굴리고 저리 굴려서 오늘의 재산을 만들었던 것입니다. 그러나 부동산 투기꾼이자 사채업자라는 소문은 늘 따라다녔고, 그 때문에 나라에 큰 일이 있을 때마다 한 번씩 곤욕을 치르곤 했습니다. 80년에는 자칫 잘못되었으면 삼청교육대에 끌려가 치도곤을 당할 뻔했습니다. 윤 사장은 그곳도 대학인 줄 알고 좋아하면서 갔다가 혼쭐이 난 겁니다. 그때 그는 위대한 결단을 내렸습니다.

변사의 설명이 계속되는 사이, 무대는 과거 시간으로 변한다.

비장한 표정의 윤 사장 앞에 윤거부와 윤미영이 꿇어앉아 있다. 배우들의 연기는 과장되어 있다.

윤 사장 (비장한 음성으로) 야들아, 시대가 달라지고 있데이. 옛날에는 푼돈으로도 해결되던 일들이 이제는 더 큰 돈을 필요로 하고 있다 이 말이다. 여게저게 뜯기는 것도 많아지고 있고. 이 애비가 곰곰이 생각해 본께네, 우리를 지키 줄 울타리가 없어서 그렇다는 걸 깨달았다. 그 울타리가 뭐꼬? 힘이다. 그러면 힘은 어데 있노? 힘 있는 사람이 가지고 있다 아이가. 앞으로 느그들은 힘 있는 사람이 되어야 한데이. 힘과 돈을 합칠 때 우리는 태평천하에 살 수 있는 기다. 알겠나?

윤거부, 윤미영 명심하겠습니다.

윤 사장 그런데 느그들 머리로는 힘 있는 사람이 되기에는 하세월이야. 다행스럽게도 막내 장관이가 공부를 잘하니 그 애를 팍팍 밀어서 장관 한자리 하도록 만드는 기야. 그 대신 느그들은 힘 있는 사람들과 어울리란 말이다. 그러면 우리는 완벽한 팀이 될 수 있을 끼다. 우리 재산도 천년만년 이어질 끼고.

윤거부 아버님, 제가 할 수 있는 일이라고는 돈 쓰며 노는 일이 아니겠습니까. 앞으로 저는 정치권의 힘 있는 사람과 주먹으로 힘 쓰는 사람들을 친구로 삼아 우리의 울타리로 만들겠습니다.

윤 사장 좋은 생각이다. 팍팍 밀어주꾸마.

윤미영 아버님, 저에겐 미모가 있습니다. 아버님의 돈을 배경으로 삼고 저의 미모를 무기로 하여 반드시 힘이 센 남자를 신랑감으로 잡아 오도록 하겠습니다. 사위만큼 든든한 울타리가 어디 있겠습니까.

윤 사장 그것도 좋은 생각이다. 팍팍 밀어주께.

세 사람, 흥겨운 장단에 맞춰 권력에 접근해 이득을 챙기는 내용의 춤을 춘다.

변사 이렇게 하여 윤 사장의 첫째 아들인 윤거부와 그의 딸 윤미영은 소위 비지니스에 열심이었고, 그 효과가 있었는지 요즘 들어 이 집안에는 어려운 일 하나 없이 술술 풀려 나가 하는 일마다 승승장구입니다요. 그러니 최대복의 이야기를 들은 윤 사장이 노발대발할밖에요.

변사의 설명이 계속되는 사이, 무대는 미영과 최대복이 이야기를 나누던 시간으로 돌아온다.

윤미영 대복 씬 비즈니스 대상으로도 실격이에요. (퇴장)

최대복 …….

윤 사장 쯔쯔……. (호탕하게) 만일 자네가 내 딸과 결혼만 한다면 내 화끈하게 밀어주꾸마. 그리고 자네는 내 사업을 열심히 돕고 말이야. 그기 바로 상…… 조…… 상…….

최대복 상부상조.

윤 사장 내도 안다, 이 사람아. 한마디로 누이 좋고 매부 좋고, 도랑 치고 까재 잡고, 이 말 아이가.

최대복 예.

윤 사장 내가 보기엔 말이야, 자네는 머리만 좋았지 세상이 어떤 힘으로 돌아가는지를 아직 모른단 말이다. 이 세상을 돌아가게 하는 힘은 돈에서 나온다 아이가. 돈이면 안 되는 기 없어. 자네 일전에 금융 실명젠가 뭔가 시행한다고 했을 때 내한테 뭐라 캤노?

최대복 세상이 뒤집어졌다고 했습죠.

윤 사장 그런데 어떤가? 세상 뒤집어졌나? 내 돈 한 푼이라도 손해 본 기 있나 이 말이다.

최대복 그땐 분명히 큰일 난 것으로…….

윤 사장 그때 내가 뭐라 캤나? 대한민국은 법치 국가이니 법대로 하면 된다 안 카드나. 법이란 기 뭐꼬? 자네, 한자로 법 법 자를 어째 쓰는지 알제? 물 수(水) 변(邊)에 갈 거(去)자 쓴 게 법(法) 아이가?

최대복 맞습죠.

윤 사장 잘 들어 보게. 물 흐르는 대로 가는 기 법이란 말이다. 물이란 기 어떻노? 높은 데서 낮은 데로 흘러가면서 돌을 만나면 돌아가고, 웅덩이를 만나면 넘쳐흐를 때까지 고여서 기다리다가, 때가 오면 다시 흘러가는 기라. 우리나라 법도 바로 물과 같다고 보면 된다카이. '무엇 무엇을 금지하라' 이런 법이 나오면 말이데이, 쪼매만 참고 기다리면 걸리지 않는 방법이 제깍 나온단 말이다. 금융 실명젠가 뭔가 할 때도 그랬제. 자네는 가명 계좌, 차명 계좌 신고하자 그캤지마 내가 기다리자 안 했나. 기다리니까 이런저런 방법으로 빠져나갈 방법이 생겨나지 않드나?

최대복 예, 그리고 이번에 토초세도 위헌 판결이 나지 않았습니까? 역시 버티는 게 최곱니다.

윤 사장 그렇지, 그렇지. 자네도 이제야 뭔가 감을 잡는구마. 겁먹었던 놈들만 바보 됐지 뭐꼬? 기다리면 되는 기다! (자신감에 가득 찬 웃음) 아 참, 오늘 다녀온 일, 대명동 구이집 차압 건은 우째 됐노?

최대복 예, 잘 해결되었습니다.

윤 사장 그랬나? 그라믄 고마 치아라. 나머진 중요한 기 아이니까……. 그런데, 자네 저녁 묵었나?

최대복 (기대에 차서) 아직…….

윤 사장 그럼 빨리 집에 가서 저녁을 묵도록 하게. (들어가려 하다가 돌아서서) 자네, 꼭 기억하게. 우리나라에서는 말이야, 돈이 최고다. 알겠나? 자네도 돈만 아이면 와 내한테 이렇게 굽신굽신 하겠노? 따라해 봐라.

최대복 예?

윤 사장 이 하늘 아래에선 돈이 최고다. 돈이 신이다.

최대복 이 하늘 아래에선 돈이 최고 신이다.

윤 사장 그럼 가 봐라. 집에 가서 밥 묵어야제.

최대복 (구십 도로 절하고 퇴장)

변사 어떻습니까, 여러분. 윤 사장의 설명이 그럴듯하지 않습니까? 대한민국 땅에선 돈이 최고다. 돈 많이 뿌리고 다친 사람 있으면 나와 보라 그래. 저 당당한 주장에 반박할 사람이 여기에 몇이나 있겠습니까. 행여 있다고 하더라도 함부로 윤 사장에게 대들지 마십시오. 말이 통하지 않는다 싶으면 주먹이 날아가는 것이 윤 사장의 특기니까요. 한번 보실까요?

윤 사장 야들아! 저녁 우예 됐노? 배고파 죽겠다.

소리 예. 가져갑니다.

아내와 딸이 호화판의 저녁상을 챙겨서 나온다. 윤사장, 수저를 든다.

아내 며칠 전에 내가 한 말 생각해 봤어예?

윤 사장 아직 그 얘기가? 이미 끝난 거라 안 캤나!

아내 끝난 얘기 아니고예…….

윤 사장 (수저로 상을 치며) 빠가 싸노브비치! 이기 죽고 싶어 환장했나?

아내 (겁은 나지만 억지로 용기를 내어) 내도 할 말 좀 하고 삽시더. 그기 어데 내 혼자 좋자고 하는 일이라예?

윤미영 엄마, 왜 그래? 아빠, 무슨 일이에요?

윤 사장 니는 알 것 없다. (아내에게) 니 말이데이, 근본도 모르는 땡땡이중 말 듣고 계속 그칼래?

아내 당신이야말로 쓸데없는 고집 좀 버리소.

윤 사장 아이고, 혈압이야. 이카다 내가 내 명에 못 죽겠구마.

윤미영 아빠, 도대체 무슨 일이에요?

윤 사장 니 엄마가 말이다, 내 알토란 같은 재산을 헐어 고아원에 집 지어 주자 안 카나. 내 돈이 어떤 돈인데, 한 푼이라도 헛되게

쓴단 말이고? 안 그렇나, 미영아?

아내 미영아, 큰 절만 찾아댕기며 기부하는 것보다야 고아들 도와주는 기 더 큰 복을 받을 수 있다는 그 스님 말씀이 맞제?

윤 사장 큰 복이라꼬? 지금 예약된 복만 해도 극락왕생 열 번은 하겠구마! 서울 있는 큰 절에다가 탑 세워 줬제, 대구 있는 절에는 큰 종 만들어 줬제, 경주 있는 절에는 다리 만들어 줬다 아이가.

아내 그기 다 헛기라 안 캅니까?

윤 사장 그기 왜 헛기야? 혹시나 부처님이 잊어뿔까 봐 탑에도 종에도 윤두껍이란 내 이름 석 자를 큼직큼직하게 박아 두었다 안 카나. 아…… 그라고, 경주에 만들어 준 돌다리 이름이 극락교다, 그 이름도 거룩한 극락교! 우리는 그 다리를 사뿐히 밟고서 극락으로 들어간다, 이 말 아이가.

윤미영 맞아요. 절마다 아빠를 위해 천일기도를 올리고 있잖아.

윤 사장 하모, 하모. 그런데 뭐이 부족해서 고아원에 집을 지어 주고 복을 빈단 말이고? 혹시라도 신문에 사진하고 이름이라도 큼직하니 나온다 카면 몰라도.

아내 당신이 도와주기만 하면 설마 모른 체하겠어예?

윤 사장 아이다. 그놈 말하는 것 보면 싹수가 노랗지 않드나. (스님 흉내를 내며) 왼손이 하는 일을 오른손이 모르도록 하는 것이 진정한 자선입니다. (비웃으며) 참말로 웃기고 앉았네. 왼손이 하는 일은 오른손이 아니라 내 왼발, 오른발, 아니 사천만 동포의 손발이 알아야 된다, 이 말이다!

아내 당신도 내일모레면 칠십 아입니꺼? 저세상 갈 때 돈을 싸가 갈 것도 아인데, 제발 마음 좀 고치…….

윤 사장 (말을 자르며) 빠가! 내가 와 죽노? 천년만년 살 끼다! 내가 만들어 준 탑이 무너질 때까지 살 끼란 말이다. 그따위 재수 없는 소리 집어치아라!

윤미영 그럼요, 아빠. 적어도 백 살까지는 문제없을 거예요.

아내 (혼잣소리처럼) 마음을 곱게 써야 복을 받지.

윤 사장 뭐라꼬? (밥상을 들었다 놓는다.) 째진 입이라꼬 함부로 말하는데, 니 조심해라. 니 혼자 고상한 척하지 마란 말이다!

아내 이제 돈이고 뭐고 다 귀찮으니까 하루라도 마음 편하게 살아 봤으마 좋겠심더!

윤 사장 시끼! 우리한테 돈이 없다 카면 누가 우릴 거들떠보기나 할 거 같나? 니 말이다, 가난이 뭔지 아나?

아내 그만하소. 귀에 못이 박힐 지경이라예.

윤 사장 옛날에 돈 없이 돌아다닐 때 어느 누구 하나 내 도와주는 사람 없더라. 배가 고파 가꼬 눈이 돌아갈라 캐도 밥 한 술 챙겨 주는 사람 없더란 말이다. 세상인심이라는 게 그런 기다. 서로 돕고 살자? 내 없이 살 때 내 도와준 놈 있으면 나와 보라 캐라!

아내 당신 좋으라꼬 돈 좀 쓰자 카는데 그래 아까버예?

윤 사장 (화가 나서) 뭐라꼬? 이년이, 보자 보자 하니까!

윤미영 엄마, 제발 그만하세요. 그러다가 또 맞겠어요.

아내 내 나이도 육십이 다 되어 가는데 맞고 살아야 되겠나? 때리기만 해 봐라, 당장 고소해 버릴 끼다!

윤 사장 고소? 그래, 한번 해 봐라 이년아. 빨가벗겨서 쫓아내고 말 끼다!

아내 갈라서면 법적으로 당신 재산 절반은 내 꺼라 캅디더.

윤 사장 뭐라꼬? 법? 빠가, 이놈의 최 군이…… 지 지집도 못 챙기는 기 어데서 헛소리만 나불대고 다니노? 이 년놈들을! (밥상을 들고 패려 한다.)

윤미영 아빠, 아빠가 참으세요. (윤 사장의 밥상을 잡는다.)

윤 사장 치아라! 내 저년 패 죽이고 내도 죽을 끼다. (밥상을 붙들고 씨름을 한다.)

아내 ……. (겁에 질려 있다.)

아버지와 딸, 밥상을 잡고 실랑이를 하다 딸이 상을 빼앗아 나간다.

윤 사장 (소리를 지르며) 니가 돈 모으는 데 도와준 기 뭐 있다꼬 재산을 빼앗아 간다 말이고?

아내 (울먹이며) 당신이 그렇게 악질적으로 놀 때, 내가 당한 고통은 오죽했겠십니꺼? 당신 때문에 동네에서 인심 잃어 쫓겨난 기 몇 번이고, 낯선 여자한테 멱살 잡히가 머리카락 다 뽑힌 기 몇 번이며, 남으 집 집문서 들고 도망간 당신 때문에 실랑이하다가 둘째 아 떨카 뿐 거 생각 안 나예?

윤 사장 미친년 널뛰고 앉았구마!

아내 뭐라꼬예? 이이가……. 내 청춘 보상해 주이소, 보상!

윤 사장 하여튼, 우리 가문에 똥칠할 순 없다. 명문 집안에 어떻게 이혼이 있을 수 있단 말이고?

아내 (흥분하여) 명문? 하이고, 명문은 무신 노무 명문!

윤 사장 (주먹을 쥐었다 놓았다 하며) 고마해래이.

아내 왜놈 앞잡이에다 사기꾼이었던 주제에! (말을 해 놓고 난 뒤 자신도 놀란다.)

윤 사장 (화가 머리끝까지 나서 주먹을 휘두르며) 당장 방구석으로 안 들어가나. 가 손 씻고 발 씻고 잠이나 자그라! 안 그라면 오늘 초상 치르는 기다, 알겠나?

아내 (심상치 않은 분위기를 느끼고 겁에 질려 퇴장한다.)

윤 사장 에이, 오랜만에 집에 들어와 쉴라 했더마 벨 기 다 재수 없게 까부네. (안에다 대고) 야 이년아, 니가 그칸다꼬 내 눈 하나 깜빡할 줄 아나. 까불면 새장가 가는 수가 있데이. 알겠나? 내가 다시 집에 들어오면 내 손가락으로 된장을 찌진다. (나가려 한다.)

아내(소리) 어디 가는교?

윤 사장 넘이사. (변사의 해설이 계속되는 동안 경쾌한 음악 장단에 맞추어, 옷을 차려입고 외출 준비하는 모습과 기쁨에 들떠서 단골 술집을 찾아가는 동작을 연기한다.)

변사 집사람과 뜻하지 않게 한바탕을 벌인 윤 사장은 집을 나서자 다시 기분이 좋아집니다. 전화위복. 바로 이럴 때 쓰는 말이 아닌가 싶습니다. 일주일 전에 아파트 한 채 얻어 주저앉혀 둔 미스 리를 만나러 갈 수 있기 때문입니다. (경쾌한 음악에 맞춰 윤 사장 무대 밖으로 퇴장) 그러나 그 아파트에서는 경천동지할 일이 벌어지고 있었으니, 바로 그의 아들 윤거부가 그곳에서 놀고 있었던 것입니다.

윤거부, 미스 리의 허리를 안고 깔깔거리며 들어온다. 마실 것을 든 미스 박이 뒤따라 들어온다.

윤거부 거 참 재미있는 이야기구나. 다른 이야기는 없니?

미스 리 우리만 자꾸 이야기하면 재미없잖아요. 따링이 이야기 하나 해 보세요.

윤거부 내가?

미스 박 예, 빨리 해 보세요. (박수를 친다.)

윤거부 좋았어, 최신판으로 하나 하지. 맥주병을 보고 '마누라'라고 부르는 정신병자가 병원에서 치료를 받고 있었대. 어느 날 의사가 맥주병을 들고 와서 그에게 물었어. "이게 무엇입니까?" "맥주병이오." 하고 그 정신병자가 대답했지. "이제 당신은 퇴원할 수 있습니다."라고 의사가 말했어. 얼마 후 그 정신병자가 퇴원 수속을 하고 있는데 마침 옆에 소주병 하나가 있었어. 그러자 정신병자가 하는 말, "아니! 처제가 여기 웬일이야?" 우습지? 웃기지? (혼자 깔깔거린다.)

미스 리와 미스 박, 웃지도 않고 쑥덕거리다 깜짝 놀라며

미스 리 아이 재밌다. 아이 재밌다.

미스 박 아이 썰렁해. 사장님, 그 얘긴 10년 전 거예요.

윤거부 어, 그래? 그럼 미스 박이 하나 해 봐.

미스 박 어떤 신혼부부가 있었는데요, 드디어 신혼 첫날밤이 되었어요. 분위기가 은근히 잡히는 순간에 남편이 침대 이불 속에 들어가 부인을 불렀어요. "자기, 이리 와 봐." "아이~ 부끄러." "그래도 와 봐~" 부인은 못 이기는 척하며 이불 속으로 들어갔어요. 이때 남편이 하는 말. "내 시계 야광이다."

일동 손뼉을 치며 웃는다. 그때 감미로운 음악이 흐른다. 미스 리가 윤거부에게 춤을 청한다.

미스 리 따링, 내가 부탁할 게 하나 있는데 들어줄려우?

윤거부 그래. 이야기해 봐. 내가 할 수 있는 거라면 무엇이든지 다 해 주지.

미스 리 따링이 준 돈을 가지고 이 아파트를 얻었잖아.

윤거부 그래서?

미스 리 그런데 사실은 시골집에서 급하게 돈이 필요하다고 해서 반을 뚝 떼어 보내 주었거든.

윤거부 반을?

미스 리 그럼 어떡해? 아버지는 아파 누웠고 어린 동생들은 학교에 다녀야 하고…….

윤거부 (갑자기 춤을 멈추고) 놀고 있네. 왜 이래? 누굴 바보로 알아, 얘들이.

미스 박 (당황해서) 아니에요, 윤 사장님. 얘네 아버지가…….

윤거부 시끄러. 돈이 더 필요하면 차라리 그냥 필요하다고 해. 이 윤거부 사장님은 말이야, 그렇게 쩨쩨한 놈 아니야. 화끈하게 밀어 달라면 밀어줄 수 있다, 이 말씀이야!

미스 리 우와, 따링이 역시 최고야.

윤거부 그래서 돈이 좋은 거야. 내 자식들한테도 돈을 잔뜩 물려줄 거야. 돈이 있는 한 우리 인생은 늘 봄날이야, 봄날.

윤거부는 경쾌한 장단의 음악에 맞추어 신나게 춤을 춘다. 분위기가 한창 고조되고 있는데 막 도착한 윤 사장이 벨을 누른다.

미스 리 누굴까?

미스 박 내가 나가 볼까?

미스 리 아니야, 내가 가 볼게. 세탁물을 가지고 왔나 봐.

문을 열다가 윤 사장을 보고 기겁할 듯이 놀라 문을 밀어 버린다.

들어오려다 박치기하는 윤 사장.

윤 사장 야 야, 니 와 이카노?

미스 리 아무것도. 잠깐만. (횡설수설한다.)

미스 박 밖에 누구 왔니?

윤거부 누구야? 혹시 나 몰래 숨겨 둔 애인이 온 거 아니야?

윤 사장, 강제로 문을 밀고 들어온다.

윤거부 웬 놈이 남의 집에 들어와 행패냐?

윤 사장 웬 놈이 귀신 씨나락 까먹는 소리 하고 있노?

두 사람, 거실 한가운데서 마주친다.

윤거부 아…… 버…… 님!

미스 리 뭐야?

미스 박 맙소사.

윤 사장 빠가 싸노부비치! 이놈아, 검사들하고 술 한잔 하러 간다 카드만…….

윤거부 그게…….

윤 사장 미스 리. 여기 야가 웬일이고?

미스 리 그게, 저…….

윤 사장 (아들에게) 야, 이놈아. 여긴 내 구역이야. 내가 사 준 아파트란 말이다.

윤거부 무슨 말씀이세요. 제가 돈을 주었는데요.

윤 사장 이놈아, 니가 무신 돈이 있노? 내한테 돈 뜯어 살아가는 주제에.

미스 리 어머, 재산이 수백억이라더니?

윤거부 그게…….

윤 사장 이놈, 그동안 돈을 많이 쓴다 싶더마는 이런 짓을…….

윤거부 이런 짓이라니요? 아버님, 나이 칠십에 스무 살짜리와 이게 뭡니까?

미스 리 칠십? 육십도 안 되었다더니…….

윤거부 동네 창핍니다. 지나가던 개도 웃겠습니다.

윤 사장과 윤거부, 서로 째려본다.

미스 박 어마, 두 사람 다 거짓말이 너무 심하다!

윤 사장과 윤거부, 제정신이 돌아온다.

윤 사장 가만, 가만, 이년들이 위아래로 울궈먹었구나!

윤거부 내 이년들을 가만두나 봐라!

윤 사장 지금 당장 나가!

때릴 듯이 여자들을 몰아세워 쫓아낸다.
두 사람, 씩씩거리며 마주 보고 서 있다.

변사 오늘 저녁 윤 사장의 일이 왜 이렇게 꼬이는지 모르겠습니다. 우리는 이런 집안을 보고 콩가루 집안이라고 하나요? 어쨌든, 집으로 돌아온 두 사람은 서로 협정을 맺었습니다. 자칭 '위대한 협약'이라는 이름이 붙어 있는 조약을 살펴볼작시면,

윤거부 하나. 앞으로 여성 문제에 대해서는 허심탄회하게 의논을 한다.
윤 사장 하나. 서로 상대 지역을 존중해 주기.
윤거부 동성로를 중심으로 해서 반월당과 봉덕동은 나 윤거부의 지역으로 하고,
윤 사장 나머지는 다 내 지역으로 한다.

변사의 해설에 맞추어 두 사람 퇴장. 무대 조금씩 어두워진다.

변사 이렇게 해서 다사다난했던 윤 사장 일가의 하루가 마무리되었습니다요. 망신살이 뻗쳤던 윤 사장과 윤거부도, 맞아 죽을 뻔한 윤 사장의 아내도, 사랑과 돈을 두고 흥정하던 미영이와 대

복이도 내일은 더 좋은 일이 생기길 기대하며 잠자리에 들었습니다. 만일 오늘이 우리한테 새것을 가져다주지 않고 어제와 꼬옥 같은 것만을 되풀이한다면, 참으로 우리는 불행하고 숨이 막힐 것입니다. 그러나 오늘은 어제와 같으면서도 다른 오늘 치를 우리한테 가져다주고, 그렇기 때문에 우리 인류는 하루하루 더 재미나는 삶을 살게 되는 것이지요. 자, 이렇게 반가운 새날이 시작되느라고 먼동이 훤하게 밝아 옵니다. 아침 다섯 시 정각에 우리의 늙은 윤 사장도 일어났습니다.

무대 밝아진다.

윤 사장 (잠옷 차림으로 음악에 맞추어 춤추며 등장한다. 작은 그릇에 오줌을 누고는 그 오줌으로 자기의 눈을 씻는 광경을 춤으로 보여 준다.)

윤거부 (병을 들고 등장하며) 아버님, 기침하셨습니까?

윤 사장 오냐. 잘 잤나?

윤거부 (웃으며) 미스 리가 깜빡 속아 넘어가는 걸 보니 아직 청춘입니다, 청춘.

윤 사장 그기 다 내가 개발한 장수 요법 때문 아이가. 내 눈을 봐라. 안경 안 쓰고도 웬만한 글자는 다 보인다. (관객을 가리키며) 저건 여자, 요건 남자. 이기 다 오줌으로 아침마다 눈을 씻어 온 덕택 아이가.

윤거부 정말 그렇군요. (웃는다.)

윤 사장 약은 받아 왔나?

윤거부 아 참, 여기 있습니다.

윤 사장 그 집 에미한테 분명히 얘기했제?

윤거부 예. 이를 말씀입니까? 절대로 꼬마 녀석의 저녁 반찬은 짜게 만들지 말아라, 짜게 먹으면 아침 첫 오줌의 약효가 떨어진다고 말 전했지요.

윤 사장 (잔에 부어서 마시면서) 잘했다. 오늘은 맛이 괜찮구마. 니도 한 잔 할래?

윤거부 전 괜찮습니다. 오줌은 아버님 체질에 맞지, 저야…….

윤 사장 모르는 소리. 음양을 알기 전의 어린애 오줌, 그것도 아침 첫 오줌은 이 세상 어데서도 구할 수 없는 보약이다 아이가. 옛날 기생들은 피부가 고와진다꼬 서로 먹을라 캤다. 싫으면 치아 뿌라. (혼자 서너 잔을 부어 마신다.)

윤미영 (등장하면서) 아빠, 일어나셨어요? 보약을 내올까요?

윤 사장 체조 끝나거든 가져온나.

윤미영 알았어요, 아빠.

윤 사장, 우스꽝스러운 동작으로 열심히 맨손 체조를 한다.

변사 여러분, 잘 보셨지요? 우리의 윤 영감이 나이 칠십에도 불구하고 왜 저렇게 피둥피둥한지 아시겠지요? 오줌도 먹고 보건 체조도 하고, 좋은 보약도 먹고 해서 어떻게든지 몸을 충실히 하여 오래오래 살고 싶은 게 윤 사장 영감의 크고 큰 소원입니다. 만석의 부를 그대로 누리면서, 아니 자꾸자꾸 더 늘려 가면서 백 살, 이백 살, 아니 천만 살까지 영원히 살고 싶습니다.

윤 사장, 그 사이 운동을 마치고 딸이 가져다준 보약을 마신 후 윤거부와 함께 하루 일정을 점검한다.

윤거부 오전 10시에 청도에 점찍어 둔 대지 5만 평 현장 확인을 하시고, 점심 식사는 김치국 의원의 비서관과 약속이 되어 있습니다. 오후 3시에는 기관장 몇 분과 같이 골프 회동이 있습니다. 특히 우주일보 최 사장님과 잘 사귀어 두시는 게 좋겠습니다. 서울의 고위층과 관계가 돈독하다고 알려져 있습니다.

윤 사장 그래, 오늘 하루도 바쁘겠구마. 그래도 이렇게 바빠야 살맛이 난다 아이가.

그때 윤 사장의 아내, 전화기를 들고 들어온다.

아내 보소, 영감. 서울에 있는 경찰서라 카네예.

윤 사장 (별 관심 없이) 경찰서에서 와?

아내 내한텐 이야기 안 하고 당신을 찾는다 아입니꺼. 빨리 받아 보이소.

윤 사장 아침부터 귀찮게……. 찬조금 이야기 아이겠나? (거만스럽게 전화를 받는다.) 여보시요. 예…… 윤두껍입니다. 예…… 장관이라고 있지예. 서울서 대학교 다니는 내 막내아들인데 무신 일로? (갑자기 뛸 듯이 놀라) 뭐라꼬요? 데모하다 잡혀 있다꼬요…… 부정부패 척결하자? …… 여보세요, 혹시 다른 사람이…… 아니라꼬예? 부모 진술서요?

변사 윤 사장은 마치 묵직한 망치로 뒤통수를 얻어맞은 양 정신이 멍해서 입을 벌리고 눈만 휘둥그랬지, 한동안 말을 못하고 꼼짝도 않습니다. 세상에 고목에도 꽃 필 날이 있다더니, 이렇게 썩어 빠진 집에도 희망이 있는가 봅니다요.

온 가족들 놀라 어쩔 줄 모른다.

아내 (다급하게) 보소, 장관이가 데모하다가 잡혀갔십니꺼? 많이 다치진 않았다 캅니꺼?

윤 사장 시끄럽다 마!

아내 아이구, 장관아. 이 에미는 어쩌라고 니가…….

윤 사장 이 여편네야, 뭐 잘했다고 난리고?

아내 와 내한테 역정을 내는교?

윤 사장 아이고, 집안이 망할라카이 벨 꼬라지 다 보겄구마.

윤거부 아버님, 빨리 가서 손을 써 빼내는 것이 상책입니다. 그 녀석이 저번에 내려왔을 때부터 어쩐지 수상했어. 나보고 정신 차려라 어쩌라 하는 것이 불순분자 같더라니…….

윤 사장, 갑자기 아들을 때리려고 손을 쳐든다.

윤 사장 이놈아. 그때 와 내한테 얘기 안 했노. 이 나쁜 노무 자슥아. 니는 니 동생이 그렇게 나쁜 길로 빠져 들어가는 걸 보고 있었단 말이가. 동생 하나 제대로 챙기지 못해서 그렇게 나쁜 놈으로 만든단 말이가. 아이구 집안이 망할라카이 벨 놈의 일이 다 생기네.

윤미영 아빠, 정신 차리세요.

윤 사장, 한 대 치려다가 딸인 것을 보고 참는다.

윤 사장 그놈이 장관 한자리 하라카이, 생판 데모하다가 경찰서에 잽혀? 그 육시를 헐 놈이, 그놈이 그기 어데서 데모를 하노? 부자 놈의 자슥이 뭐이 부족해서 부랑당패에 끼어든단 말이가…….

윤거부 아버님, 고정하시죠.

윤 사장 돈이 없나? 집이 없나? 여자가 없나? 돈만 있으면 이 세상 모든 기 다 내 낀데 뭐시 부족하단 말이고? 지 꺼 지니고 앉아서 편안하게 살 태평 세상, 이기 바루 태평천하 아이가, 태평천하! …… 그란데 이런 태평천하에 태어난 부자 놈의 자슥이, 더군다나 서울까지 가서 공부하는 놈이 떵떵거리구 편안하게 살 궁리나 할 끼지, 와 지가 세상 망쳐 놀 부랑당패에 가담을 한단 말이고, 으이?

모두 할 말을 잃었다.

잠시 후

윤 사장 (입술을 깨물며) 좋다, 내 그놈을 찾아가서, 백 년 징역을 살리라구 할 끼다, 백 년 징역을……. 오냐, 그놈한테 내 재산 반을 줄라 캤더니마, 오-냐, 내 재산 반을 톡톡 털어서, 데모하는 놈 잡아 가두는 경찰서에다가 주 뿔 끼다! 이 나쁜 노무 자슥아…… 이 태평천하에! 이 태평천하에…… 부잣집의 자슥이, 세상 망쳐 놀 데모 깡패들한테 끼어들어? 이 죽일 노무 자슥, 이 죽일 놈!

변사 윤 사장의 부르짖음이 마치 자신의 죽음을 예견한 위대한 영웅의 울부짖음처럼 보이는 것은 무슨 까닭일까요? 돈이면 이 세상에서 안 될 일이 없다고 큰소리치며 살아가던 윤 사장이지만 그가 바라는 대로 되지만은 않는가 봅니다. 자기들 멋대로 살아가며 태평성대를 구가하던 윤 사장 일가의 내일이 어떻게 될지 우리는 아무도 모릅니다. 다만 그가 바라는 태평천하는 서서히 막을 내리고 있다는 사실만은 분명하게 알 수 있습니다요.

무대 안의 모든 인물들 동작 정지한다.

무대 서서히 어두워진다.

(이 작품은 채만식의 장편 소설 〈태평천하〉의 인물 유형과 플롯을 차용하여 구성한 작품입니다.)

활동 거리

1 이 작품에서 가장 우스꽝스러운 장면을 찾아보고, 그 이유를 말해 봅시다.

2 다음은 이 작품의 장면별 갈등 양상을 나타낸 것입니다. 각 장면에서 주로 나타나는 갈등의 내용을 정리해 봅시다.

장면	갈등하는 인물	갈등 내용
장면 1	윤 사장 ↔ 기사	운전기사가 연료비, 주차비, 도로 통행료 등을 청구하자 윤 사장이 잔돈이 없다는 핑계를 대며 떼어먹으려 함.
장면 2	윤 사장 ↔ 며느리(강도)	
장면 3	최대복 ↔ 윤미영	
장면 4	윤 사장 ↔ 아내	고아원에 집을 지어 기부하자는 아내의 말에 윤 사장이 격분하여 폭력을 행사하려 함.
장면 5	• 윤 사장, 윤거부 ↔ 미스 리, 미스 박 • 윤 사장 ↔ 윤거부	
장면 6	윤 사장 ↔ 장관	

3 '태평천하'란 '나라가 안정되어 아무 걱정 없고 편안한 세상'을 말합니다. 이 작품에서 윤 사장이 말하는 '태평천하'란 어떤 의미인지 생각해 봅시다.

4 오늘날 우리 사회에도 윤 사장 같은 사람이 있는지 조사해 봅시다. 그들은 어떤 사람이며, 우리 사회에 어떤 영향을 줄지 생각해 봅시다.

5 원작 소설인 채만식의 〈태평천하〉를 찾아 읽어 봅시다. 그리고 희곡 〈신 태평천하〉와 무엇이 비슷하고 무엇이 다른지 비교해 봅시다.

이강백

파수꾼

여러분은 '양치기 소년과 이리' 이야기를 알고 있을 것입니다. 이리가 나타나면 마을 사람에게 알려야 하는 양치기 소년이 거짓말을 일삼다가 정말로 이리가 나타났을 때 아무도 소년의 말을 믿지 않아 큰 봉변을 당했다는 이야기 말입니다. 이 우화를 차용하여 만들어진 작품이 바로 〈파수꾼〉입니다. 이 희곡은 독재 정권의 권위주의적인 통치 방식이 횡행했던 1970년대의 시대 상황을 배경으로 하고 있습니다. 1973년 《현대문학》에 발표되었고, 2년 뒤 '현대극회'가 연극인회관에서 초연한 〈파수꾼〉은 등장부터가 순탄치 않았습니다. 정부에 대한 불신을 조장하고 세대 간의 반목과 갈등을 일으킨다는 이유로 연극 공연이 금지되는 시절을 보냈습니다.

파수꾼들은 이리 떼의 내습을 감시하고, 이리 떼가 몰려온다며 수시로 양철북을 울려서 마을 사람들을 대피시킵니다. 새로 이 일을 맡게 된 파수꾼 '다'는 선임 파수꾼 '가'의 "이리 떼다!" 하는 외침과 양철북 소리에 겁을 먹곤 합니다. 하지만 여느 마을 사람들처럼 파수꾼 '다'는 한 번도 이리 떼를 본 적이 없습니다. 그러던 어느 날 저녁, 두려움에 몸을 떨며 망루 위에 올라간 파수꾼 '다'는 아주 놀라운 사실을 발견하게 되는데…….

이 작품에 등장하는 촌장의 모습은 국가 안보를 내세워 개인의 자유와 인권을 억압하고자 했던 독재자들의 모습을 연상하게 합니다. 촌장은 평화롭게 살아갈 수 있는 마을 사람들을 끊임없는 긴장과 불안 속으로 몰아넣었고 이것을 통해 자신의 지위를 유지했던 것입니다. 소년 파수꾼은 촌장의 그럴듯한 설득에 넘어가 스스로 촌장이 만든 마을의 질서에 순응합니다. 관객은 이처럼 거짓의 길을 선택한 소년 파수꾼에게 연민과 분노를 동시에 느낍니다. 그리고 이를 통해 진실을 용기 있게 말하는 것이 얼마나 중요한 것인지, 진실을 말할 수 없는 시대적 상황이란 어떤 것인지를 절실히 깨닫게 됩니다.

이 작품은 우화적인 기법을 활용하여 체제 유지를 위한 위선적인 안보 정책을 통렬히 풍자한 작품입니다. 독자들은 이 작품을 읽고 진실이 가려진 시대에 우리는 과연 어떻게 하면 진실을 꿰뚫어 볼 수 있는 눈을 가지게 될지 생각해 보게 될 것입니다. 그렇기 때문에 이 작품은 1970년대의 정치적 상황에 대한 풍자이면서 동시에 현대 사회를 살아가는 오늘날의 사람들에게도 여전히 많은 시사점을 제공합니다.

등장인물 | 해설자, 파수꾼 가, 파수꾼 나(노인), 파수꾼 다(소년)

해설자 (관객들에게 무대와 등장인물들을 설명한다.) 이곳은 황야입니다. 이리 떼의 내습을 알리는 망루가 세워져 있죠. 드높이 솟은 이 망루는 하늘로 둘러싸여 있습니다. 하늘은 연극의 진행에 따라 황혼, 초승달이 뜬 밤, 그리고 아침으로 변할 겁니다. 저기 위를 바라보십시오. 파수꾼이 앉아 있습니다. 높은 곳에서 하늘을 등지고 있기 때문에 그는 언제나 시커먼 그림자로만 보입니다. 그는 내가 태어나기 전부터 파수꾼이었습니다. 나의 늙으신 아버지께서도 어린 시절에 저 유명한 파수꾼의 이야기를 들으셨다 합니다. 물론 할아버지에게서 들으셨던 거죠. 이제 와선 저 망루 위의 파수꾼은 전설적 인물이 된 것이지요. 또 다른 파수꾼들, 우리와 같은 시대 사람들입니다. 그들은 망루 아래에서 양철북을 칠 자세를 취하고 있습니다. 망루 위의 파수꾼이 이리 떼를 발견했다 외치면, 그들은 양철북을 두드릴 겁니다. 그 소린 황야에서 울려져서 우리가 살고 있는 마을에 전달되고, 그럼 주민들은 이리 떼의 내습에 대항할 준비를 하게 됩니다. 여러분이 잘 아시듯이 이리 떼는 무척 교활하죠. 그들의 습격이 탄로 난 걸 알아채면 일단 뒤로 물러납니다. 그러고선 다음 기회를 노리는 거죠. 이러한 반복이 끊임없이 계속되고 있습니다.

망루 위의 파수꾼이 갑자기 외친다.

가　이리 떼다, 이리 떼! 이리 떼가 몰려온다!

파수꾼 가의 손이 이리 떼가 나타난 방향을 가리킨다. 망루 아래 파수꾼들은 양철북을 두드린다. 외침과 북소리 계속. 불안이 점점 고조된다. 해설자는 달아난다. 노인 파수꾼 나의 북 치는 모습은 늠름하다. 소년 파수꾼 다는 두려움에 질려서 헛치기만 하다가 견디지 못하고 납작 엎드려 버린다.

가　북소리 중지! 이리 떼는 물러갔다.
다　(아직도 겁에 질려서) 이리 떼라구요?
나　걱정 마라. 이젠 물러갔단다.
다　저는 아무것도 보지 못했는데요?
나　너는 낮은 곳에 있다. 그러니까 보지 못하는 거야. 하지만 저 망루 위의 파수꾼은 아주 높은 곳엘 있지 않니? 그는 멀리까지 바라본다. 너하곤 위치가 다르다는 걸 알아야지.
가　이리 떼다, 이리 떼! 이리 떼가 몰려온다!

파수꾼 다는 당황해서 다시 엎드리고, 파수꾼 나는 양철북을 두드린다.

가 북소리 중지! 이리 떼는 물러갔다.

다 …… 정말 물러갔어요?

나 그렇다. 안심하고 일어나렴.

다 그래도, 저어, 아직 몇 마리 남아 있는 건 아닐까요? 그랬다가 엉겁결에 달려들어 콱 물 수도 있겠구요.

나 파수꾼의 눈은 정확하단다. 단 한 마리의 이리도 그 눈을 피해 숨을 순 없지.

다 아, 저는 그걸 생각 못했어요. 죄송해요. 파수꾼의 눈을 의심했던 건 아닙니다. 다만 이리라는 게 그렇죠, 이리를 믿어선 안 된다고 배웠거든요. 이리는 엉큼하고, 사납고, 그 날카로운 이빨에 물리면은…….

나 이리가 그렇게도 무섭니?

자 네.

나 그럼 왜 파수꾼이 될 생각은 했지?

다 이렇게까지 무서움을 탈 줄은 몰랐거든요. 저도 부끄러워요. 파수꾼이 되는 연습을 할 때엔 이렇진 않았어요. 제법 용감했죠. 특히 칭찬을 받은 건 제 눈이었어요. 까마득하게 멀리 떨어진 것도 척척 알아냈거든요. 마을 사람들도 감탄했어요. "최고의 눈이다. 넌 파수꾼이 되기 위해 태어났다." 그래서요, 저는 여기에 오길 지원했던 거예요. 그러나 여기 와 보니 사정이 다르군요. 저는 한 번도 망루 위엘 올라가지 못했습니다. 한 가지 여쭙겠는데요, 왜 망루 위의 파수꾼은 교대하질 않죠?

나　저분은 말이다, 지금까지 실수를 하지 않았단다. 단 한 번도 이리 떼를 놓친 적이 없었어.

다　굉장하네요.

나　아무렴. 넌 어때, 그렇게 할 자신이 있니?

다　자신 있어요……. 허지만요, 한두 번쯤은 실수도 있을 거예요.

나　그럼 큰일 난다. 이리 떼의 습격을 놓쳐 봐라. 마을의 가축과 사람들은 엄청난 피해를 입는다. 넌 아예 섣불리 망루 위에 올라갈 생각도 마라. 얘야, 저 높은 곳보다 이 아래는 할 일이 많단다. 양철북도 쳐야 하구, 여기저기 놓아 둔 이리 덫들도 살펴야 하구……. 방금 전 습격 때 저쪽에서 탁 치이는 소리가 났었다. 너, 나하고 덫 보러 가지 않을래?

다　전 여기 있고 싶어요.

나　이리가 걸렸으면 좋겠는데……. 그럼 다녀오마.

파수꾼 나 퇴장. 오랜 침묵.

다는 망루 위를 쳐다보기도 하고 키발을 딛고 사방을 살피기도 한다. 금방 이리가 덤빌 것 같아서 그는 안절부절못한다. 마침내 두 팔로 얼굴을 감싸고 앉아서 움직이지 않는다. 파수꾼 나가 들어온다. 무겁게 생긴 강철제 덫을 어깨에 둘러메고 와서 내려놓는다.

나　또 헛쳤다. 교활한 짐승도 다 있지. 나뭇가지를 대신 끼워 놓고 몸은 달아났지 뭐냐. 얘야, 이 덫 좀 함께 벌리자.

두 파수꾼은 덫 입을 함께 벌린다. 이빨들이 달린 덫이 벌어지며 파수꾼들에게 위압을 준다.

다 무섭게 생겼어요.

나 나뭇가지 때문에 이빨이 상했어. 날카롭게 쇠줄로 쓸어야겠다. (쇠줄을 꺼내 덫 이빨을 간다. 금속성의 듣기 싫은 소리가 난다.) 가끔가다 이리가 잡혔으면 좋겠는데, 통 잡히질 않는단다. 치었는가 가 보면 또 헛치었구, 이리는 정말 교활해. 황야에 수천 개의 덫을 놓았지만 용케도 걸려들질 않어. (덫 이에 날이 섰는지 엄지손가락을 대 본다.) 자, 됐다. 이리야, 이번엔 제발 철컥 걸려 다오. 제자리에 가져다 놓구 오마.

다 내일 아침에 가세요.

나 내일 아침에?

다 그래요. 지금은 어둡잖아요.

나 어둡기는…… 아직 훤해.

다 가시면 안 돼요. 여긴 아직 훤하지만 덫 놓을 덤불 속은 어두울지 몰라요. 그 속에 이리가 숨어 있다 덤벼들면 어떻게 해요? 저 같으면 내일 아침까진 꼼짝도 안 하겠어요.

나 넌 참 겁두 많다.

가 이리 떼다, 이리 떼! 이리 떼가 몰려온다.

소년 파수꾼 다는 엎드리고, 노인 파수꾼 나는 양철북을 두드린다.

가 북소리 중지! 이리 떼는 물러갔다.

나 넌 또 엎드렸구나.

다 이리 떼, 다 갔어요?

나 양철북이라도 좀 쳐 보질 그랬니? 네가 함께 쳐 주면, 나 혼자서 이렇게 고달프진 않겠는데…….

다 아, 저는 쓸모없는 사람 같아요.

잠시 침묵.

나 그래도 난 네가 좋다.

다 제가 좋아요?

나 응.

다 겁만 내는데두요?

나 그래도 좋은걸. 난, 너 오기 전엔 쓸쓸했었다. 위를 보렴. 저 망루 위의 파수꾼하고는 거리가 너무 멀어 말벗도 안 됐다. 그래 난 하루 종일 홀로 있는 거나 다름없었지. 양철북도 요란하게 두들기고, 수천 개의 덫을 둘러보러 다녔다만 혼자인 건 어쩔 수 없더라. 얘야, 외롭다는 것 그게 뭔지 아니?

다 몰라요.

나 젊었을 땐 나도 몰랐다. 하지만 나이가 들고 보니, 황야에 바람이 분다든가 깊은 밤 달이 떴을 때, 외롭더라. 그래서 난 마을 촌장님에게 편지를 내었었지. 파수꾼을 한 명 더 보내 달라구

말이다. 마침 지원자가 있다더구나. 바로 너였다.

다 용감한 사람이 오길 바라셨죠?

나 아니.

다 저처럼 겁쟁이를 기다리신 거예요?

나 아니.

다 그럼…….

나 누구였으면 하고 미리 정해 두지 않았단다. 그랬다가 만일 틀린 사람이라도 오게 되면 실망할 것 같아서……. 그런데 첫눈에 너를 보자 한껏 기뻤다. 그 순간 나는 정한 거란다, 바로 네가 왔으면 하고. 내 뜻은 이루어졌다. 넌 그때 휘파람을 불며 왔었지?

다 네.

나 내 귀가 즐겁더라.

다 고마워요.

나 오히려 고마운 건 나다.

황혼이 점점 짙어진다. 해설자, 슬그머니 등장. 마분지로 만든 초승달을 하늘에 걸어 놓고 퇴장. 두 파수꾼은 어깨를 나란히 하고 앉아 있다.

나 야, 하늘 곱다. 그지?

다 네.

나 어제저녁 네가 올 때도 이랬다. 난 평생 그 광경을 잊지 못할 거다. (잠시 침묵) 어떠냐, 너 양철북 치는 법 배우지 않을래?

다 배우겠어요.

나 그러면서도 넌 망루 위만 보는구나. 그렇게 올라가고 싶으냐?

다, 고개를 떨군다.

나 양철북 치는 것두 괜찮은 거란다. 소리가 요란하긴 하지만 귀에 익으면 그 재미를 알게 된다. 자아, 우선 여러 가지 박자 만드는 법을 가르쳐 주마. (그는 강약을 두어 양철북을 두드린다.) 재미있지? 이 박자치기에 맛들이면 어느새 이리 떼에 대한 두려움은 없어진다. 자, 너도 쳐 보아라.

다 (나를 따라 양철북을 치다가 갑자기 겁에 질려서 나의 등 뒤에 숨는다.) 저기, 저기…….

나 왜 그러니?

다 이리가 오구 있어요.

해설자, 식량 운반인이 되어 등장. 이리 껍질을 썼다. 유모차 비슷한 작은 손수레를 밀며 들어온다.

운반인 안녕하십니까, 파수꾼님? 망루 위의 파수꾼님도 안녕하세요? 제가 왔어요. 저를 좀 보세요! 이렇게 손을 흔들고 있어요!

나 자네 수다 떨긴 여전하군. 어서 짐이나 내려놓게.

운반인 일주일분 식량입니다요. 쌀, 야채, 그리고 마른 생선. 이 속엔 특별 요리가 들어 있습니다요. 자, 받으십쇼. 이 맛있는 냄새가 나는 상자를. (나에게 주며) 통째로 구운 닭고기죠. 지난번에 부탁하신 걸 가져왔어요.

나 고마우이, 정말 고마워. (다에게) 안심하고 나와. 식량 운반인이야.

다 왜 이리 껍질을 썼죠?

운반인 왜 이걸 썼느냐구? 이리가 덤비지 않도록 쓴 거지. 이리는 사람을 물지만, 자기네 종족을 물진 않거든. (나에게) 어때요, 맛있는 냄새가 나죠?

나 흥. 흥. 근사한데!

운반인 열어 보시죠, 어서.

나 아냐. 지금 열진 않겠어. 두었다가 멋진 저녁을 차릴려구그래. 환영할 친구가 왔거든. 자네에게 소개함세. 새로 온 파수꾼이야. 아주 용감하지. 양철북 치는 솜씨도 훌륭하구.

다 아직은…… 그렇지 않습니다.

운반인 악수를 청해도 되겠지? 왜 머뭇거리나? 아, 내가 쓴 이리 껍질이 마음에 걸리는 모양인데. (머리 부분만 벗어젖히고) 이젠 됐지?

다 (운반인이 내민 손을 잡는다.) 안녕하세요?

운반인 그래, 만나서 반가워.

가 이리 떼다, 이리 떼! 이리 떼가 몰려온다!

소년 파수꾼 다는 엎드리고, 나는 양철북을 두드린다.

가 북소리 중지! 이리 떼는 물러갔다.

운반인 하마터면요, 이리에게 죽을 뻔했습니다요. 껍질을 다시 써서 물리지 않았죠.

나 마을은 어떤가? 난 양철북을 치면서도 걱정이 돼. 주민들은 잘 방비하고 있을까? 별일은 없겠지?

운반인 이리 막는 거야 잘하고 있죠, 뭐. 하지만 약방 영감, 왜 그 말라깽이네 약방 영감 말이에요, 그 영감이 지붕 위에서 떨어져 두 다리를 몽땅 부러트렸지 뭐요. 그 영감, 재수 옴 붙었지. 글쎄, 새벽녘에 잠이 깰까 말까 하는데 양철북 소리가 들려오더래요. 그러자 사람들이 외치기를 "으악! 이리 떼가 몰려온다." 영감 넋 나갔죠. 지붕 위로 피신 가는데요, 몸은 떨리구 뒤에선 금방 이리가 물 것 같겠다, 엉금엉금 기어 올라가다 뚝 떨어진 거죠.

나 그런 말 하는 게 아냐.

운반인 그렇죠, 뭐. 지붕 위에서 떨어진 영감이 한둘이어야지요. 양철북 소리 들려오구 "이리 떼다!" 하니까, 우물 속에 빠져 죽은 아이 이야길 제가 했던가요?

나 그만두게.

운반인 그렇죠, 뭐. 우물 속에 빠져 죽은 아이가 어디 한둘이어야죠. 수두룩하니까 별로 우습지도 않아요. 자기 집에 불을 지른

남자 이야기는 어때요? 담배를 피우려구 성냥을 그었는데 들려오는 양철북 소리! 그 남자 엽총 들고 뛰어나가 신나게 공포 쏜 건 좋았죠. 허나 집에 돌아와 보니 불…….

나 그만두래도!

운반인 그렇죠, 뭐. 집 불태운 남자가 어디 한둘인가요? 북소리 들려오구 "이리 떼가 몰려온다." 하니까…….

나 (역정을 내며) 제발 그만둬!

운반인 왜 그래요? 하긴 그렇죠, 뭐.

나 뭐가 그렇다는 거야?

운반인 (시무룩하게) 아무것도 아녜요.

나 남의 불행을 재미있어 하면 안 되네.

운반인 그게 어디 남의 불행인가요? 나도 그 속에 살고 있으니까 내 불행이죠 뭐. 짐 다 내려놨으니 이만 돌아가겠어요.

다 저녁 식사하고 가세요.

운반인 밤 되기 전에 가 봐야겠어.

다 곧 밤이 돼요. 여기서 자고 가세요.

운반인 여긴 재미없는걸. 양철북 소리 들려올 때 "이리 떼가 온다!" 외치면…….

나 자네가 외치구 다니나?

운반인 그렇죠, 뭐. "이리 떼다!" 하고 외치는 사람이 한둘이어야죠. 모두들 외치는데요. 지난주 화요일 밤, 북소리 들려와서 "이리 떼다!" 외치며 골목을 막 돌아서는데, 웬 계집애가 내 어깨에 매달립디다. 열여섯이나 일곱쯤 될까요, 두려워서 바들바들 떠는 게 꽤 귀엽더군요. 말 들어 보나 마나 어디 안전한 곳으로 데려다 달라는 거죠. 마침 골목 끝에 대피용 지하실이 있어서……. (웃는다.)

나 그래 어떻게 했나?

운반인 처음엔 껴안아 주려구만 그랬어요. 하지만 나도 사낸데 어디 그래요? 마침 지하실엔 단둘뿐이었겠다, 그 계집앨 바닥에 눕히고 재미 좀 봤죠.

나 (치미는 분노를 꾹 참으며) 어서 가게.

운반인 안녕히 계십시오, 파수꾼님.

나 (다를 가리키며) 다음에 올 땐 이 애 물건을 가져와. 밤에 덮고 잘 담요가 없어.

운반인 언제 가져올까요?

나 내일 아침 당장 가지고 와.

운반인 알았어요. 내일 아침 또 오죠. 랄랄랄라라라…….

해설자, 빈 수레를 끌고 퇴장.

다 화나셨어요?

나 아니.

다 성난 얼굴인데두요?

나 아까 그 운반인 말이다, 이리 같은 놈이다. 오늘 밤에도 어두운 거리에 숨었다가 몹쓸 재미를 노리겠지. 나의 양철북 소릴 그런 놈들이 악용하고 있다니, 마음 상한다. (사이) 그만두자. 이러다가는 오늘 저녁이 쓸쓸해질 것 같구나. 얘, 우리 식탁을 차리지 않겠니?

두 파수꾼은 야외용 식탁을 펴 놓는다. 접시도 준비된다. 조그맣게 생긴 석유램프도 식탁 한가운데 놓여진다. 다가 성냥을 그어 램프에 불을 붙이려는 순간, 망루 위의 파수꾼이 소리 지른다.

가　이리 떼다, 이리 떼! 이리 떼가 몰려온다!

다는 불을 켜지도 못하고 식탁 밑으로 숨는다. 나만 홀로 어둠 속에서 양철북을 두드린다.

가　북소리 중지! 이리 떼는 물러갔다.
나　불을 켜렴.
다　…… 이리, 다 갔어요?
나　너 어디에 있니?
다　식탁 밑에요.
나　이린 다 갔다. 안심하고 나오너라.

다가 석유램프에 불을 붙인다. 식탁 주위가 밝아진다. 노인과 소년은 식탁에 마주 앉는다.

나　(요리가 든 상자를 내밀며) 냄새를 맡아 보겠니?

다　맛있겠는데요.

나　널 위해 마련했다. 애야, 용감한 사람이 되마구 약속해 다오.

다　저는 겁보예요. 잘 아시잖아요?

나　내 얼굴을 보아라. 아직도 성난 표정인 건 아마 너에 대해선지도 모르겠다. 좀 영리한 자들은 나쁜 짓만 하구, 너처럼 착한 애는 겁쟁이니까 말이다. 둘 다 속상하기는 마찬가지다. 애야, 지금 곧 너더러 용감해지라는 건 아냐. 허지만 너도 언젠가는 용감한 남자가 될 수 있지 않겠니?

다　(한숨을 쉬고 나서) 그럴 수 있을까요, 저두?

나　그럼. 처음부터 용기를 가지고 태어나는 사람은 없단다. 수천 번 두려워하다가도 단 한 번 그 두려움과 맞설 때, 그 사람을 용기 있다구 부르는 거야. 자, 약속해 주겠니?

다　약속해요.

나　됐다. 상자의 뚜껑을 열렴. 큼직한 닭이었으면 좋겠구나.

다　굉장히 커요!

나　반으로 자르거라. 한 몫은 저 망루 위의 파수꾼 거다. 나머지 반은 너와 내가 나누자. (망루 위를 향해 외친다.) 식사하십시오!

파수꾼, 대답이 없다.

다 망루 위에 올라가서 말씀드릴까요?

나 아니다. 저 분은 누가 망루 위에 올라오는 걸 싫어해. 음식은 그냥 놔두면 잡수시고 싶을 때 줄을 내려보낸단다. 그럼 그 줄에 매달아 드리면 되는 거야. 사실 저녁 식사만이라도 함께 하면 얼마나 좋겠니. 이 석유램프 불빛이 좀 아름다우냐? 그런데 텅 빈 식탁에 홀로 앉아 저녁 식사를 할 때엔 이 아름다운 불빛에 비춰 볼 얼굴이 그립더라. 얘야, 어서 먹으렴.

두 파수꾼들은 식사를 계속한다. 한동안 말이 없으나 시선이 마주칠 때마다 흐뭇한 미소가 떠오른다.

나 난 네가 좋아.

다 하루 종일, 그 말씀뿐이었어요.

나 그래도 부족한 걸 어떻게 하니?

다 저에겐 너무 과분한걸요.

나 아니야. 넌 네가 얼마나 소중한지 몰라서 그래. 넌 아직 채워지지 않은 내 꿈, 나를 애태우는 갈증이란다. 이 황야의 한복판에서 난 너라는 꿈을 꾼다. 현실에선 보이지 않는 고결한 것, 사라진 옛날의 파수꾼들, 넌 바로 그것이 되어야 한다. 예전엔 많은 파수꾼들이 이 망루 아래에서 살다 죽는 걸 자랑으로 여겼지. 일생을 여기 쓸쓸한 땅에서 보내며 그저 말없이 이리 떼와 대항한 그 생애를 기뻐했단다. 그들은 지금 이 황야에 묻혀 있어. 웅장한 대리석 관에 잠들기보다, 바위 아래 매장되는 걸 사내답다고 생각했다. 파수꾼이란 그런 거야. 난 여기서 죽을 것이다. 너의 두 손이 내 눈을 감길 때, 난 다음을 이어 줄 너에게 감사할 거다. 보아라, 저쪽 갈대 아래 묻힌 옛 파수꾼들이 모두 일어나 침묵 속에 너를 보고 있잖니? 넌 그들의 꿈이야. 이 황야의 크기와 맞먹는 꿈, 이젠 네가 얼마나 소중하다는 걸 알겠니?

다　아, 내가 겁보만 아니었더라면…….

나　넌 나에게 약속했다. 벌써 잊었어?

다　아뇨. 그래도 자꾸만 겁이 나는걸요.

나　난 너의 약속을 믿는다. 제발 기대에 어긋나지 말아라.

다　네.

나　난 네가 좋아.

다　저도…….

나　내가 좋으냐?

다　네.

나　모처럼 즐거운 밤이구나. 구운 고기도 맛이 있고. 얘, 좀 더 먹지 그러니?

다　됐는걸요, 이만하면.

나　(하품을 하며) 오랜만에 포식을 했더니 졸립다. 잠시 눈을 붙여야겠다. (자기 담요를 덮으려다가 다를 대신 덮어 주며) 춥지? 조금만 날 지켜 주렴. 곧 깨어나 너와 교대하마.

다　이 담요, 덮고 주무세요.

나　아냐, 너나 덮어. 난 습관이 돼서 괜찮다.

파수꾼 나, 식탁에 상반신을 엎드리고 눈을 감는다.

다　이리 떼가 오면 어떻게 하죠?

나　(잠에 빠져 가는 졸리는 목소리로) 넌 약속했지?

다　약속했어요. 하지만요, 제가 용감할 수 없을 때 이리 떼가 오면 어떻게 해요?

나　(웃으며) 네가 용감할 그때를 꼭 맞춰 와 달라구 부탁하렴.

다　하는 수 없군요.

나　부탁했니?

다　못했어요.

나　왜, 하질 않구?

다　이리가 어디 들어주겠어요?

나　하긴 그렇구나.

침묵. 파수꾼 나는 잠들었다. 오랜 사이. 다도 졸기 시작한다. 램프 불빛만 남고 모든 것이 서서히 어둠 속에 묻힌다. 해설자, 슬그머니 들어와서 초승달을 떼어 간다. 사이. 주위가 희미하게 밝아 오면 새벽. 바람 소리가 요란해진다. 파수꾼 다가 문득 잠을 깬다. 그는 잠시 멍하니 둘러본다. 차츰 정신이 들자, 사태가 심상하지 않다고 생각한다. 그는 램프를 들고 일어난다.

다 바람 소리? 아니면 이리 떼가 몰려오는 소리일까? 무서워지는데. 난 어쩌면 좋아! (잠든 파수꾼 나에게 다가간다. 나의 얼굴을 램프 불빛에 비춰 보며) 이 주름진 얼굴, 햇빛과 바람에 거칠어진 피부, 근심 많은 분이 잠드신 것을⋯⋯ 그런데 무섭다구 깨운다는 건 염치없는 짓이겠지. 황야는 어젯밤보다 수천배나 넓어진 것 같아⋯⋯ 그리고 난 외톨이야. 무섭고 쓸쓸해. 하지만 파수꾼님, 주무십시오. 어떻게 나 혼자 견뎌 보겠어요. (잠든 나에게 담요를 벗어 주고 물러난다.) 왜 새벽 공기는 얼음처럼 차가울까? 손발이 얼어붙는걸. 이럴 때 말야, 이리 떼가 와서 덤벼들면 난 꼼짝없이 죽겠지? 반항 한번 못하고 죽는 건 억울해. 여기 계신 파수꾼님도 당하고 말 거야. 그리고 마을의 가축들은? 그 순한 양이며 염소들은 지금 곤한 잠을 잘 텐데. 또 마을 사람들은? 모두 이리 떼 밥이 되겠다. 아, 무서워! (식탁으로 뛰어갔다가 멈칫 서서) 아니, 주무십시오. 난 견디겠어요. (사이, 얼굴 표정 밝아지며) 그래, 괜한 걱정을 했군. 망루 위의 파수꾼이 감시할 테니까, 안심해도 돼. (망루 위를 향하여) 망루 위의 파수꾼님, 눈을 뜨고 계셔요? ⋯⋯ 왜 대답이 없으시죠? (침묵) 망루 위의 파수꾼님, 당신마저? 잠드셨군요! ⋯⋯ 나 혼자다. 눈을 뜨고 있는 건 나 혼자뿐. ⋯⋯ 바람 소리? 아니면 이리 떼가 몰려오는 소릴까? 아무래도 수상해. 난 어쩌면 좋지? 그래, 망루 위에 올라가자. 눈을 뜬 건 나뿐이잖아. 내가 이리 떼를 감시해야지.

파수꾼 다는 양철북을 메고 망루 위로 올라간다. 가는 여느 때와 같은 부동자세. 다는 숨어들 듯 가의 등 뒤에 서서 황야를 바라본다. 사이.

다 아름다워라. 새벽의 황야가 이렇게 아름다울 줄은!

가 이리 떼다, 이리 떼! 이리 떼가 몰려온다!

파수꾼 다는 기겁하듯 놀란다. 망루 아래로 급히 내려온다. 그는 양철북을 두드리려고 하지만 겁에 질려 헛친다. 그는 땅에 엎드린다.

가 북소리 중지! 이리 떼는 물러갔다.

다 흐유! (망루 위를 향하여) 이리 뗀 정말 다 물러갔나요? 대답해 주세요. (침묵) 왜 말이 없으시죠? 잠드셨어요? 파수꾼님, 당신은 또 잠드셨군요?

파수꾼 다는 망루 위에 올라간다.

다 이리 떼만 없다면 이곳은 얼마나 평화로운 곳일까? 지평선 저 멀리 하늘가를 좀 봐. 하얀 구름이 흘러가네.

사이.

가 이리 떼다, 이리 떼! 이리 떼가 몰려온다!

파수꾼 다는 황급히 망루 아래로 내려와 엎드린다. 그러나 어떤 의아로움이 두려움 속에서 생겨난다. 그는 망설이듯 일어나 망루 위에 올라가 사방을 바라본다.

가　이리 떼다, 이리 떼! 이리 떼가 몰려온다!

파수꾼 다는 망루 위에서 내려오지 않는다. 소리를 지르는 가와 황야를 번갈아 바라본다.

가　북소리 중지! 이리 떼는 물러갔다!

파수꾼 다는 망루 아래로 내려온다. 심한 충격을 받은 표정이다.

다　이리 떼라구요? 황야 저쪽에는 흰 구름뿐이었어요.

긴 침묵. 밝아지는 아침.

식탁 위의 석유램프 불빛은 희미해졌다. 파수꾼 나가 잠에서 깨어 일어난다. 너무 잤다는 듯이 흠칫 놀라며, 그는 램프 불을 끈다. 그리고 뒤돌아서다가 망루에 등을 기대고 앉아 있는 다를 발견한다.

나　잘 잤니?
다　(힘없이) …… 네.

나 너, 어디 아픈 게 아니냐?

다 …… 아뇨.

나 날 일찍 깨우지 않고. (다의 이마를 짚어 보며) 열이 많다. 담요를 덮지 않아서 그래. 난 괜찮대두, 날 덮어 주었구나.

다 아뇨. 담요는 밤새껏 제 차지였어요. 새벽 무렵에야 덮어 드린 걸요.

나 아무래도 너 많이 아픈 것 같다. (다의 몸을 담요로 감싸 주며) 몸을 덥혀라.

다 (방치해 둔 이리 덫을 물끄러미 바라보며) 저 덫으로 흰 구름을 잡나요?

나 응? 흰 구름을?

다 네. 하늘의 흰 구름을요.

나 구름을 어떻게 덫으로 잡니?

다 그래요. 구름은 흘러가는 거예요. 푸른 하늘에 두둥실 떠서 고요히 흘러만 가요.

나 헛소릴 하는구나. 몸을 덥히고 있으면 곧 나을 거야. (덫을 어깨에 짊어지고) 아침이 됐으니 덤불 속도 훤해졌겠지. 그럼 덫 놓구 오마.

다 그 덫으로는 흰 구름을 못 잡아요.

파수꾼 나, 덫이 무거워 비틀거리며 퇴장한다. 잠시 후, 해설자가 운반인이 되어 손수레를 끌고 등장.

운반인 잘 있었나, 어린 파수꾼?

다 어서 오세요.

운반인 담요 가져왔어. 고참 파수꾼은 어디 가셨나?

다 덫 놓으러 가셨어요.

운반인 엊저녁 말씀대로 날이 새자마자 가져왔는데 칭찬을 못 듣게 됐군.

다 기다리시면 오실 거예요.

운반인 아니, 그냥 가야지. 여긴 잠시라도 있고 싶지 않아. 너무 쓸쓸해. 망루만 솟아 있지 뭐 볼 것두 없구. 난 네 마음을 모르겠어. 여기 왜 있지? 평생 있어 봐야 그게 그거 아냐? 양철북이나 두들기는 거밖에 더 있느냐 말야. 아까운 인생만 썩혀 보내는 거지. 어젯밤에 난 너를 생각했어. 너는 인생을 즐겨야 해. 어때? 달아나지 않겠어? 이 수레에 타라구. 어디든지, 네가 가구 싶은 데로 태워다 줄게.

다 엊저녁에 말씀해 주시지 그랬어요. 이리가 무서워서라도 아마 난 당신의 수레에 탔을 거예요. 하지만 지금은 안 돼요.

운반인 왜 그래? 무슨 일이 있었나?

다 (종이에 글자를 써서 접는다.) 마을에 가시거든 이 편지를 촌장님께 전해 주세요. 아주 중대한 거예요.

운반인 내용이 뭔데?

다 말할 수 없어요.

운반인 괜찮어, 말 안 해두. 가다가 보면 알게 될걸 뭐.

다 보시면 안 돼요.

운반인 걱정 마라. 곧장 촌장님께 전할 테니까. 그럼 잘 있어. 랄랄라라라…….

해설자 퇴장. 사이. 파수꾼 나가 들어온다.

나 아침 식사 하겠니?

다 지금 아무것도 먹고 싶지 않아요.

나 무얼 좀 먹어야 기운이 나는 거란다. 얘, 남은 닭고기 너나 먹으렴. (음식 담긴 접시를 다에게 가져가 턱 밑에 받쳐 든다.) 네 얼굴이 핼쑥하다. 몹시 아프니?

다 파수꾼님…….

나 응?

다 이리는 정말 없는 거죠?

나 오호라, 넌 이리가 무서워서 병난 거구나. 요 겁쟁이, 우리 양철북을 두드리자. 그걸 힘껏 두드리고 있노라면 이리 떼가 덜 무서워질 거야.

다 양철북을 쳐요?

나 그래. 치는 법을 가르쳐 주마.

다 소용없어요, 그건. 사실을 말씀드리죠. 오늘 새벽 눈을 뜨고 있던 건 저뿐이었어요. 모두들 잠을 잤구요. 그 틈을 노려 이리 떼가 습격해 오면 어쩌나 하구 전 두려웠어요. 그래서요, 저는 망루 위에 올라갔던 거예요. 그 높은 곳에서 저는 이 황야의 전부를 바라보았죠. 아무 데도 이리는 없더군요. 보이는 거라고는 저 멀리 하늘가에 흰 구름뿐이었어요. 그걸 향해 망루 위의 파수꾼은 "이리 떼다!" 외쳤습니다. 세 번이나요. 세 번, 저는 망루 위에서 그걸 제 눈으로 보았어요. 이리 떼라곤 없어요. 흰 구름뿐이에요.

나 얘야, 난 네 맘을 안다. 넌 이리가 두려워서 저 높은 망루 위엘 올라가고 싶었겠지?

다 저는 정말 망루 위에 올라갔었어요.

나 그럴 리 없어. 넌 아까부터 제정신이 아니더라. 덫으로 어찌 구름을 잡겠느냐고 횡설수설할 때부터 난 걱정스러웠다. 제발, 이리 떼가 없다는 소린 하지도 말아라.

다 여기 낮은 곳에 계시니까 모르시죠. 하지만 저 높은 곳엘 올라가면 이리 떼가 없다는 걸 아실 거예요.

나 얘야, 자꾸만 우기지 말아라. 나는 이 황야에서 평생을 지냈단다. 넌 여기 온 지 겨우 사흘밖엔 안 됐구. 그런데 사흘밖에 안 된 네가 평생을 보낸 나보다 뭘 잘 안다구 그러니?

가 이리 떼다, 이리 떼! 이리 떼가 몰려온다!

파수꾼 나는 확신 있게 양철북을 두드린다. 다는 여느 때와는 달리 침착하게 일어선다. 그리고 담요를 벗어 네모 반듯이 갠 다음 식탁 위에 놓는다. 그는 북을 두드리는 나를 바라보면서 몹시 안타까운 표정이 된다.

가 북소리 중지! 이리 떼는 물러갔다.

다 정말 이리가 있다구 믿으세요?

나 보렴, 방금도 이리 떼가 오질 않았니? 그렇지 않다면 내가 왜 양철북을 치며 평생을 보냈겠느냐? 서운하다. 아무리 아픈 애라지만 너무 심한 말을 하는구나.

다 죄송해요. 하지만 어쩜 그 많은 나날을 단 한 번도 의심 없이 보내셨어요?

나 넌 그렇게도 무섭니, 이리가?

다 오히려 이리가 있다고 믿었던 때가 좋았던 것 같아요. 그땐 숨기라도 했으니까요. 땅에 엎드리면 아늑하게 느껴졌어요. 지금은요, 이리가 없으니 땅에 엎드려야 아무 소용 없구요, 양철북도 쓸모가 없게 됐어요. 오직 이제는 제가 본 그 사실만을 말하고 싶어요.

해설자, 촌장이 되어 등장. 검은 옷차림. 이해심이 많아 보이는 얼굴과 정중한 태도. 낮고 부드러운 음성으로 말한다.

촌장 수고하시는군요, 파수꾼님.

나 아, 촌장님. 여긴 웬일이십니까?

촌장 추억을 더듬으러 왔습니다. 이 황야는 내가 어린 시절 야생 딸기를 따러 오곤 했던 곳이지요. 그땐 이리가 무섭지도 않았나 봐요. 여기저기 덫이 깔려 있고 망루 위의 파수꾼이 외치는데도 어린 난 딸기 따기에만 열중했었으니까요. 그 즐거웠던 옛 추억, 오늘 아침 나는 그 추억을 상기시켜 주는 편지를 받았습니다. 그래 이곳에 찾아온 거예요.

나 잘 오셨습니다, 촌장님.

촌장 오래 뵙지 못했더니 그동안 흰머리가 더 많아지셨군요.

나 촌장님두요, 더 늙으셨어요.

촌장 오다 보니까 저쪽 덫에 이리가 치어 있습디다.

나 이리요? 어느 쪽이죠?

촌장 저쪽요, 저쪽. 찔레 덩굴 밑이던가요…….

나 드디어 붙잡는군요!

파수꾼 나 퇴장. 촌장은 편지를 꺼내 다에게 보인다.

촌장 이것, 네가 보낸 거니?

다 네, 촌장님.

촌장 나를 이곳에 오도록 해서 고맙다. 한 가지 유감스러운 건, 이 편지를 가져온 운반인이 도중에서 읽어 본 모양이더라. '이리 떼는 없고, 흰 구름뿐' 그 수다쟁이가 사람들에게 떠벌리고 있단다. 조금 후엔 모두들 이곳으로 몰려올 거야. 물론 네 탓은 아니다. 몰려오는 사람들은, 말하자면 불청객이지. 더구나 그들은 화가 나서 도끼라든가 망치를 들고 올 거다.

다 도끼와 망치는 왜 들고 와요?

촌장 망루를 부수려구 그러겠지. 그 성난 사람들만 오지 않는다면 난 너하구 딸기라도 따러 가고 싶다. 난 어디에 딸기가 많은지 알고 있거든. 이리 떼를 주의하라는 팻말 밑엔 으레 잘 익은 딸기가 가득하단다.

다 촌장님은 이리가 무섭지 않으세요?

촌장 없는 걸 왜 무서워하겠냐?

다 촌장님도 아시는군요?

촌장 난 알고 있지.

다 아셨으면서 왜 숨기셨죠? 모든 사람들에게, 저 덫을 보러 간 파수꾼에게, 왜 말하지 않는 거예요?

촌장 말해 주지 않는 것이 더 좋기 때문이다.

다 거짓말 마세요, 촌장님! 일생을 이 쓸쓸한 곳에서 보내는 것이 더 좋아요? 사람들도 그렇죠, '이리 떼가 몰려온다.' 이 헛된 두려움에 시달리고 사는데 그게 더 좋아요?

촌장 얘야, 이리 떼는 처음부터 없었다. 없는 걸 좀 두려워한다는 것이 뭐가 그렇게 나쁘다는 거냐? 지금까지 단 한 사람도 이리에게 물리지 않았단다. 마을은 늘 안전했어. 그리고 사람들은 이리 떼에 대항하기 위해서 단결했다. 그들은 질서를 만든 거야. 질서, 그게 뭔지 넌 알기나 하니? 모를 거야, 너는. 그건 마을을 지켜 주는 거란다. 물론 저 충직한 파수꾼에겐 미안해. 수천 개의 쓸모없는 덫들을 보살피고 양철북을 요란하게 두들겼다. 허나 말이다, 그의 일생이 그저 헛되다고만 할 순 없어. 그는 모든 사람들을 위해 고귀하게 희생한 거야. 난 네가 이러한 것들을 이해하여 주기 바란다. 만약 네가 새벽에 보았다는 구름만을 고집한다면, 이런 것들은 모두 허사가 된다. 저 파수꾼은 늙도록 헛북이나 친 것이 되구, 마을의 질서는 무너져 버린다. 얘야, 넌 이렇게 모든 걸 헛되게 하고 싶진 않겠지?

다 왜 제가 헛된 짓을 해요? 제가 본 흰 구름은 아름답고 평화로웠어요. 저는 그걸 보여 주려는 겁니다. 이제 곧 마을 사람들이 온다죠? 잘됐어요. 저는 망루 위에 올라가서 외치겠어요.

촌장 뭐라구? (잠시 동안 침묵을 지킨 후에 웃으며) 사실 우습기도 해. 이리 떼? 그게 뭐냐? 있지도 않는 그걸 이 황야에 가득 길러 놓구, 마을엔 가시 울타리를 둘렀다. 망루도 세웠구, 양철북도 두들기구, 마을 사람들은 무서워서 떨기도 한다. 아하, 언제부터 내가 이런 거짓 놀이에 익숙해졌는지 모른다만, 나도 알고는 있지. 이 모든 것이 잘못되어 있다는 걸 말이다.

다 그럼 촌장님, 저와 같이 망루 위에 올라가요. 그리구 함께 외치세요.

촌장 그래, 외치마.

다 아, 이젠 됐어요!

촌장 (혼잣말처럼) …… 그러나 잘 될까? 흰 구름, 허공에 뜬 그것만 가지구 마을이 잘 유지될까? 오히려 이리 떼가 더 좋은 건 아닐지 몰라.

다 뭘 망설이시죠?

촌장 아냐, 아무것두……. 난 아직 안심이 안 돼서 그래. (온화한 얼굴에서 혀가 낼름 나왔다가 들어간다.) 망루를 부순 다음엔 속은 것에 더욱 화를 낼 거야! 아마 날 죽이려구 덤빌지도 몰라. 아니 꼭 그럴 거다. 그럼 뭐냐? 지금까진 이리에게 물려 죽은 사람은 단 한 명도 없었는데, 흰 구름의 첫날 살인이 벌어진다.

다 살인이라구요?

촌장 그래, 살인이지. (난폭하게) 생각해 보렴, 도끼에 찍히고 망치로 얻어맞은 내 모습을. 살은 찢기고 피가 샘솟듯 흘러내릴 거다. 끔찍해. 얘, 너는 내가 그런 꼴이 되길 바라고 있지?

다 아니에요, 그건!

촌장 아니라구? 그렇지만 내가 변명할 시간이 어디 있니? 난 마을 사람들에게 왜 이리 떼를 만들었던가, 그걸 알려 줘야 해. 그럼 그들도 날 이해해 줄 거야.

다 네, 그렇게 말씀하세요.

촌장 허나 내가 말할 틈이 없다. 사람들이 오면, 넌 흰 구름이라 외칠 거구, 사람들은 분노하여 도끼를 휘두를 테구, 그럼 나는, 나는…… (은밀한 목소리로) 얘, 네가 본 그 흰 구름 있잖니, 그건 내일이면 사라지고 없는 거냐?

다 아뇨. 그렇지만 난 오늘 외치구 싶어요.

촌장 그것 봐. 넌 내 피를 보구 싶은 거야. 더구나 더 나쁜 건, 넌 흰 구름을 믿지도 않아. 내일이면 변할 것 같으니까, 오늘 꼭 외치려구 그러는 거지. 아하, 넌 네가 본 그 아름다운 걸 믿지도 않는구나!

다 (창백해지며) 그건, 그건 아니에요!

촌장 그래? 그럼 너는 내일까지 기다려야 해. (괴로워하는 파수꾼 다를 껴안으며) 오늘은 나에게 맡겨라. 그러면 나도 내일은 너를 따라 흰 구름이라 외칠 테니.

다 꼭 약속하시는 거죠?

촌장 물론 약속하지.

다 정말이죠, 정말?

촌장 그럼. 정말 약속한다니까.

파수꾼 나가 들어온다.

나 또 헛치었습니다. 이리는 워낙 교활해서요, 친 것 같아도 가 보면 달아나구 없어요.

촌장 다음에는 꼭 잡히겠지요.

나 미안합니다. 이번에 잡았더라면 그 껍질을 촌장님께 선사하구 싶었는데…….

촌장 받은 거나 다름없이 감사합니다.

나 (촌장에게 안겨 있는 파수꾼 다를 가리키며) 그 앤 지금 몹시 아픕니다.

촌장 네, 열이 있는 것 같군요.

다 간밤에 담요를 덮지 않아서 병이 났어요.

촌장 이만한 나이 때 누구나 한 번씩은 앓는 병이겠지요.

나 내 잘못이었어요. 담요를 꼭 덮어 줘야 하는 건데. (파수꾼 다에게) 얘야, 난 널 좋아해. 아픈 것 빨리 좀 나아 주렴.

다 (힘없이 웃으며) …… 고마워요.

나 (관객석 쪽으로 돌아서다가, 흠칫 놀라며) 웬 사람들이 이렇게 몰려오죠?

촌장 마을 사람들이지요.

나 마을 사람들요?

촌장 (관객들을 향해) 어서 오십시오, 주민 여러분. 이 애가 그 말을 꺼낸 파수꾼입니다. 저기 편지를 공개한 식량 운반인, 이 애가 틀림없지요? 네, 그렇다고 확인했습니다. 이리 떼인지 아니면 흰 구름인지, 직접 이 아이의 입을 통하여 들어 봅시다.

파수꾼 다, 쓰러질 것 같은 걸음으로 망루를 향해 걸어간다. 나가 근심스럽게 좇아간다.

나 얘야, 괜찮겠니?

다 …… 네.

나 아무래도 걱정이 되는구나. 넌 이리 떼란 말만 들어도 벌벌 떠는 겁쟁이인데. 망루 위에 올라가서 엎드리면 안 돼. 이렇게 많은 사람들이 널 보러 오지 않았니? 얼마나 큰 영광이냐. 이 기회에 말이다, 넌 너 자신이 파수꾼이라는 걸 힘껏 자랑해야 한다. 알았지, 응?

촌장 그만 올라가게 하십시오.

파수꾼 다는 망루 위에 올라간다. 긴 침묵. 마침내 부르짖는다.

다 이리 떼다, 이리 떼! 이리 떼가 몰려온다!

파수꾼 가의 손이 번쩍 들려지며 그도 외친다. 파수꾼 나는 신이 나서 양철북을 두드린다. 북소리, 한동안 계속된다.

가 북소리 중지! 이리 떼는 물러갔다.

촌장 주민 여러분! 이것으로 진상은 밝혀졌습니다. 흰 구름은 없으며 이리 떼뿐입니다. 이 망루는 영구히 유지되어야 하겠지요. 양철북도 계속 쳐야 할 것입니다. 여러분, 다음 이리의 습격 때까진 잠시 시간적 여유가 있습니다. 그 틈을 이용하여 돌아가십시오. 가시거든 마을 광장에 다시 모이시기 바랍니다. 수다쟁이 운반인의 처벌을 논의합시다. 그럼 어서 돌아가십시오. 이리 떼가 여러분을 물어뜯으러 옵니다.

망루 위에서 파수꾼 다가 내려온다.

나 난 네가 이렇게 용감해질 줄은 몰랐구나.

촌장 고맙다. 정말 잘해 주었다.

나 아냐, 난 몰랐던 건 아니었어. 넌 나에게 용감한 사람이 되마구 약속하질 않았니? 난 그때 이미 알아본 거야, 넌 꼭 훌륭한 파수꾼이 될 거라구.

촌장 애, 나 좀 보자. (한갓진 곳으로 데리고 가서) 너한테는 안됐다만, 넌 이곳에서 일생을 지내야 한다.

다 …… 네?

촌장 마을엔 오지 말아라.

다 (침묵)

바람 부는 소리가 거칠게 들려온다.

촌장 난 저 사람들이 싫어. 내 마음은 너와 함께 딸기 따기에 가 있다. 넌 내 추억이야. 너에게는 내가 늘 그리워하던 것이 있다.

사이.

촌장 …… 하지만, 여긴 너무 쓸쓸해.

사이.

촌장 …… 미안하다.

사이.

촌장 그럼, 잘 있거라.

나 가시려구요, 촌장님?

촌장 사람들이 기다리고 있어서요.

나 제가 저만큼 바래다 드리지요. 덫도 좀 살펴볼 겸 해서요. (함께 걸어가며) 그런데 말입니다, 양철북을 치던 내 모습이 멋있지 않던가요?

촌장과 파수꾼 나, 퇴장한다. 바람 소리만이 더욱 거칠어진다. 잠시 후, 망루 위의 파수꾼이 "이리 떼다." 외친다. 파수꾼 다는 조용히 양철북을 두드리기 시작한다.

—막—

《이강백 희곡전집 1》(평민사, 2004)

활동 거리

1 다음 질문에 대한 여러분의 생각을 이야기해 봅시다. 그리고 그렇게 판단할 수 있는 근거를 각 인물의 대사에서 찾아봅시다.

1) '파수꾼 나'는 책임감이 강한 사람입니까, 아니면 어리석은 사람입니까?

2) '파수꾼 다'는 소심한 사람입니까, 아니면 용감한 사람입니까?

3) '촌장'은 현명한 사람입니까, 아니면 교활한 사람입니까?

2 다음 장면을 무대에서 공연할 때 '다'와 '촌장'은 어떤 표정이나 동작, 목소리로 연기를 해야 할지 아래 빈칸에 여러분이 직접 지시문을 넣어 봅시다.

다 (　　　　) 그럼 촌장님, 저와 같이 망루 위에 올라가요. 그리구 함께 외치세요.

촌장 (　　　　) 그래, 외치마.

다 (　　　　) 아, 이젠 됐어요!

촌장 (　　　　) …… 그러나 잘 될까? 흰 구름, 허공에 뜬 그것만 가지구 마을이 잘 유지될까? (　　　　) 오히려 이리 떼가 더 좋은 건 아닐지 몰라.

다 뭘 망설이시죠?

촌장 (　　　　) 아냐, 아무것도……. 난 아직 안심이 안 돼서 그래. (　　　　) 지금 사람들은 도끼까지 들구 온다잖니? 망루를 부순 다음엔 속은 것에 더욱 화를 낼 거야! (　　　　) 아마 날 죽이려구 덤빌지도 몰라. 아니 꼭 그럴 거다. 그럼 뭐냐? (　　　　) 지금까진 이리에게 물려 죽은 사람은 단 한 명도 없었는데, 흰 구름의 첫날 살인이 벌어진다.

다　(　　　　　) 살인이라구요?

촌장　그래, 살인이지. (　　　　　) 생각해 보렴, 도끼에 찍히고 망치로 얻어맞은 내 모습을. 살은 찢기고 피가 샘솟듯 흘러내릴 거다. 끔찍해. (　　　　　) 얘, 너는 내가 그런 꼴이 되길 바라고 있지?

다　(　　　　　) 아니에요, 그건!

3 이 작품의 소재와 등장인물은 1970년대 정치적 상황 속에서 무엇을 의미할까요? 아래 글을 참고하여 설명해 봅시다.

이강백의 〈파수꾼〉은 '늑대와 양치기 소년'이라는 이솝 우화를 변용해 1970년대 한국의 정치 상황을 풍자한 희곡이다. 그 당시 정권은 북한의 위협을 의도적으로 과장하여 공포 분위기를 조성하고 국민의 기본권을 유린했다. 즉, 외부의 적을 가정함으로써 내부의 비판 세력을 억압하여 자신들의 권력을 유지했던 것이다. 국민의 알 권리와 말할 권리가 억눌렸던 시기에 이 작품은 우화적 수법을 통해 권력층을 신랄하게 풍자했던 것이다.

- 소재 : '이리 떼'는 (　　　　　　　　), '북소리'는 (　　　　　　　　)
- 인물 : '촌장'은 (　　　　　　　　), '파수꾼 나'는 (　　　　　　　　)

4 우리 주변에도 '촌장'과 같은 사람이 있는지 생각해 봅시다. 그리고 그러한 인물에 대해 어떤 평가를 내릴 수 있을지 이야기해 봅시다.

닐 사이먼(박준용 옮김)

굿 닥터

미국의 희극 작가 닐 사이먼의 〈굿 닥터〉는 1973년 미국 최우수 희곡상을 수상하고 브로드웨이에서 장기 공연된 인기작입니다. 재미와 감동을 동시에 선사하는 것으로 알려진 닐 사이먼의 작품 세계가 그대로 드러나 있는 이 작품은 모두 열한 개의 에피소드로 구성되어 있으며 매 장면마다 다양한 인물들이 등장하는 가운데 때로는 기발한 웃음을 때로는 따뜻한 감동을 느끼게 합니다. 열한 개의 에피소드 가운데 몇몇 개를 골라 공연되는 경우가 많은데 여기에서는 〈재채기〉, 〈물에 빠진 사나이〉, 〈오디션〉 세 편을 수록하였습니다.

공원 관리부에서 일하는 말단 공무원 이반은 연극 관람이 인생의 가장 큰 낙인지라 큰맘 먹고 비싼 좌석을 구입합니다. 그런데 연극 관람 도중 커다란 재채기를 하고, 앞자리에 앉았던 공원 관리부 장관의 머리에 온통 침을 튀기고 마는데……. 〈재채기〉

바닷가에서 산책을 하는 작가에게 건달이 나타나 3루블만 내면 자기가 물에 빠져 죽는 것을 보여 주겠다고 제안을 합니다. 작가는 기겁을 하며 경관을 부르지만, 경관은 사내를 구하기는커녕 엉뚱한 반응을 보이는데……. 〈물에 빠진 사나이〉

배우가 되려는 꿈을 지닌 소녀 니나는 오랜 시간을 기다린 끝에 오디션에 참가합니다. 작가는 니나를 탐탁지 않게 생각하지만 그녀의 간절한 바람에 이끌려 오디션을 허용합니다. 자신이 좋아하는 작가 앞에서 연기를 할 수 있게 된 니나는 설레는 마음으로 드디어 무대에 서는데……. 〈오디션〉

이 세 편의 짤막한 희곡이 우리의 흥미를 끄는 것은 무엇보다도 각각의 사건이 예상치 못한 반전을 지니고 있으며, 인물의 대사가 때로는 우스꽝스럽기도 하고 때로는 정곡을 찌르는 듯이 날카롭기 때문일 것입니다. 이 모든 것은 우리 삶의 단편을 날카롭게 풍자하고 있으며, 그것을 통해 인생의 진실을 발견할 수 있게 해 줍니다. 자기를 옭아매고 있는 덫은 사실 자신이 파 놓은 함정에 불과하다는 것, 고고해 보이는 인간들도 속물에 불과하다는 것, 그리고 더 무서운 것은 이런 것들이 우리의 일상생활에 어느새 좋든 싫든 자리 잡아 간다는 사실을 지적합니다. 또한 무대 위에 서면 결과에 집착하지 않고 혼신의 힘을 다해 연기하는 배우처럼 우리의 인생을 진지하고 아름답게 살아가야 한다는 점 또한 유쾌하게 보여 주고 있습니다.

등장인물 | 〈재채기〉 – 작가, 이반, 장관, 아내(이반의 아내), 부인(장관의 아내)
〈물에 빠진 사나이〉 – 작가, 건달, 경관
〈오디션〉 – 목소리(작가의 목소리), 소녀

제1막

제2장 : 재채기

작가 국가 공원 관리부 소속의 관청에서 말단 공무원 노릇을 하고 있는 이반 일리치 체르디아코프가 인생을 살아가면서 단 한 가지 정열을 바치고 있는 게 있다면 그것은 바로 연극 구경입니다.

이반과 아내가 등장. 이반은 30대 중반의 사람 좋아 보이는 남자로 가장 좋은 옷을 입고 있으나, 물론 주위에 있는 귀족들에 비해서는 형편이 없다. 좌석을 찾아 앉아, 부인이 프로그램을 들척이는 동안 주위의 객석들을 둘러보며 흐뭇해 한다. 이 저녁이 그에게는 무척이나 행복하다.

작가 이반도 물론 승진과 출세에 대하여 희망과 야망을 갖고 있으며 많은 일을 아주 참을성 있게 열심히 해 나가고 있죠. 그리고 그런 생활에서 잠시 떠나 인생의 커다란 즐거움을 만끽하기 위해, 오늘도 이 로스토브의 작품 〈수염 난 백작부인〉의 개막 첫날 저녁 공연에 가장 좋은 좌석의 표를 두 장 예약했던 것입니다. (그때 으리으리한 장군의 제복을 한 장관과 그의 부인이 등장해 자기들의 자리를 찾는다.) 그리고 우연이라고 하기엔 너무도 신나고 가슴 뛰는 일이 벌어졌으니, 바로 이반이 일하고 있는 공원 관리부의 최고 책임자인 미하일 브라셀로프 장관이 극장에 나타난 것입니다.

장관 부부는 앞줄에 앉는데, 장관은 이반의 바로 앞에 앉는다.

이반 (앞으로 장관에게 구부리며) 안녕하십니까, 각하!

장관 (고개를 돌려 이반을 차갑게 바라본다.) 음? 뭐라구? 아, 수고하네! (다시 고개를 돌려 프로그램을 본다.)

이반 각하, 전 이반 일리치 체르디아코프라고 합니다. 이렇게 만나뵙게 되어서 정말이지 큰 영광입니다.

장관 내가 자네를 알던가?

이반 아, 저는 바로 각하께서 담당하고 계신 공원 관리부에서 일하고 있습니다. 그러니까 각하를 위해 일하고 있는 셈이죠. 수풀과의 계장 직을 맡고 있습니다.

장관 아, 그래. 계속 수고하게. 수풀을 잘 가꾸어 줘!

장관은 다시 앞을 보고, 이반은 뒤로 물러앉는다. 기분이 좋아서 고양이처럼 씩 웃는다. 장관 부인이 남편에게 뭐라고 묻자, 장관은 어깨를 으쓱한다. 그때 안 보이는 커튼이 열리고 모두 박수를 친다. 그때 이반이 다시 앞으로 기댄다.

이반 각하, 제 아내가 인사를 드리고 싶다는데요. 네, 제 아냅니다. 체르디아코프 부인이죠.

아내 (웃으며) 안녕하세요?

장관 반갑습니다.

아내 이렇게 뵙게 되어서 영광입니다, 각하.

장관 감사합니다.

다시 앞을 본다. 이반은 장관 부인을 본다.

이반 (장관 부인께) 사모님, 제 아내 체르디아코프 부인입니다.

아내 안녕하세요, 사모님.

부인 (차갑게) 처음 뵙겠어요!

아내 네, 장관님을 뵙게 되어서 영광입니다.

이반 (장관 부인에게) 전, 제 아내의 남편입니다, 안녕하세요?

작가가 '쉿' 하는 제스처를 한다.

장관 (작가에게) 아, 미안합니다. (화를 누르고 연극을 보려 한다.)

이반 구경 잘 하십쇼, 각하!

장관 그럴려구 하는 중일세!

약간 화가 치미는 걸 꾹 참고, 모두 공연을 본다.

작가 이런 황금의 기회를 얻게 된 게 기뻐서 신바람이 난 이반 일리치 체르디아코프는 느긋하게 의자에 기대어서 〈수염 난 백작 부인〉을 감상하기 시작했습니다. 이제 그는 장관과 아는 사이가 되었을 뿐만 아니라, 어떻게 말하자면 친해졌다고도 할 수 있는 셈이죠. 그런데…….

바로 그 순간, 아무런 예고도 경고도 없이, 맑은 하늘에서 내려치는 날벼락같이, 이반 일리치 체르디아코프는 머리를 뒤로 제쳤다가는,

이반 에 에 에…… 에취! (굉장한 재채기를 하면서, 재채기의 내용물을 장관의 대머리에 명중시킨다. 장관은 즉시 반사적으로 자기 손으로 축축해진 머리를 감싼다.) 아이구, 각하! 이거 죄송합니다. 어거 정말 죽을죄를 졌습니다. 이거…….

장관은 손수건을 꺼내 머리를 닦는다.

장관 음…… 괜찮아. 별거 아니니까, 걱정 마!

이반 네? 별게 아니라니, 그럴 리가 있습니까? 정말이지 죽을죄를 졌습니다. 제가 흉측한 실수를…….

장관 아하! 왜 이리 호들갑인가! 괜찮으니까 걱정 말란 말야!

손수건을 집어넣는다.

이반 (자기 손수건을 급히 꺼낸다.) 아니, 제가 어떻게 걱정을 안 할 수 있습니까? 이야말로 용서받지 못할 죄죠! 각하, 제가 목을 닦아 드리겠습니다. 그렇게라도 해야만 제가 좀…….

장관의 머리를 닦기 시작하는데, 장관은 그의 손을 밀어 버린다.

장관 괜찮다니까, 왜 이러나?

이반 하지만 제 침이 튀어서 각하 머리가 온통 침투성이인데요, 정말이지 아주 불행하고 비극적인 실수였습니다.

작가 쉬잇!

장관 아, 죄송하오!

이반 정말이지…… 그놈의 재채기가 갑자기 튀어나왔어요. 제가 참아 보려구 했을 땐 이미 코 밖으로 죄다 튀어나간 걸 어떡합니까!

부인 쉬잇!

이반 아, 네, 쉿. 죄송합니다. (근심스럽게 뒤로 기대앉아서 우선 코를 푼 다음 다시 앞으로 기댄다.) 각하, 감기가 들어서 그런 건 아니니까 옮을까 봐 걱정하시진 않으셔도 됩니다. 아마 콧구멍에 무슨 먼지가 들어갔나 봐요.

장관 쉬잇!

모두 조용히 연극을 본다. 물론 이반은 아주 불편한 상태다.

작가 아무리 아무리 연극을 보려 해도 이반의 머릿속엔 오직 잔가지 생각만이 점점 커지고 있었습니다. 바로 아무런 동기 없는 생리적 현상인 재채기 단 한 번이, 그의 머릿속에서는 점점 커져서 마치 적군을 향해 발사하는 대포의 소리처럼 울리기 시작했습니다. 그리고 그의 머릿속에서는 조금 전의 그 악몽 같은 순간이 아주 천천히 느린 동작으로, 한 장면 한 장면 다시 지나가면서 그 끔찍함이 확인되고 있었습니다. (이반은 아주 느린 동작으로 재채기를 반복한다. 그래서 그 한 동작 한 동작이 다시 세밀하게 나타난다. 소리 역시 세 배는 크게 들린다. 장관은 역시 느린 동작이지만, 마치 50파운드짜리 쇠망치로 머리를 얻어맞는 사람처럼 반응을 한다. 이 느린 동작이 완전히 끝났을 때, 안 보이는 커튼이 내리고 모두 박수를 친다. 모두 일어나서 서로 다니며 얘기를 나눈다.)

장관 아, 연극 재미있는데!

부인 네. 아주 재미있었어요!

장관 정말야, 아주 재미있어. 그렇지?

부인 네, 정말 재미있었어요.

이반이 장관의 뒤로 다가간다.

이반 (장관의 어깨를 두드린다.) 저, 실례합니다, 각하!

장관 누구지?

이반 접니다, 각하. 체르디아코프입니다.

부인 (장관을 뒤로 잡아끌며) 조심해요, 여보. 바로 재채기한 사람이에요! (웃는다.)

이반 아, 이젠 또 안 할 겁니다! 재채긴 다 했어요. 그나저나 밖의 날씨가 쌀쌀한데 혹시 감기라도 드실까 걱정이 돼서 그렇습니다.

장관 하, 아직두 그 걱정인가? 여보게 그건 다 우연히 생길 수 있는 사고니까, 어쩔 수 없는 거 아냐? 자, 젊은이 그런 일은 얼른 잊어버리고…… 아, 연극 어땠나? 아주 재미있지? 안 그래?

이반 네? 재미있어요? 아, 네, 그렇죠. 사실입니다. 네, 아주 재미있어요. 하하하. 정말이지 몇 년 만에 웃어 봅니다.

장관 그래? 어느 부분이 제일 재미있던가?

이반 어느 부분이라뇨? 제가 재채기했던 거 얘기 아닙니까? 정말 죽을죄를 졌습니다.

장관 허어! 좀 잊어버리라니까! 자, 여보 갑시다. 비라도 올 거 같은데, 머리가 또 젖었단 큰일 나겠어!

부인 좀 조심들 하라구 해요, 함부로 재채기를 하다니……. 더구나 당신 머리에 재채기를 하다니……. (나간다.)

이반 아, 드디어 난 망했구나, 망했어. 난 내일 아침이면 당장 모가지야. 아니 최소한 지금 일하고 있는 수풀과에서 한심한 잡초과로 쫓겨날 거야.

아내 이반, 너무 걱정하지 말아요.

이반 뭐라구?

아내 너무 깊이 신경 쓰지 말라구요. 그저 별 생각 없이 한 대수롭지 않은 재채기쯤 장관님은 벌써 잊고 있을 거예요.

이반 그럴까? 당신 생각엔 정말 그럴 거 같애?

아내 하긴 저도 약간은 걱정이에요.

작가 그래서 둘이는 걱정스럽게 집으로 돌아갔습니다.

이반 장관님께 뭐 선물이라도 하나 해야 되지 않을까? 저, 터어키 타올이라두 하나 보낼까?

작가 결국, 한 순간 밝게 빛나던 장래의 밝은 꿈은 산산조각으로 부서졌던 것입니다.

이반 (집에 도착해서) 아, 이런 일이 왜 나한테 생긴담? 에이 제기랄 그놈의 연극 구경을 뭐하러 갔지? 아냐, 괜스레 빼기느라 특석에 앉지 말고, 그저 낮은 계급 사람답게 일반석에 앉을걸. 그래, 우린 그저 평범하게 서로 재채기하면서 사는 사람들 아냐?

아내 자, 이젠 잘 시간이에요.

이반 가만있어 봐, 내가 직접 장관을 찾아뵐까? 직접 찾아가서 아주 예의바르고 정직하고 효과적이면서도 매력적으로 설명을 하면, 장관님도 별수 없이 용서하실 거야.

아내 그랬다가 혹시 다 잊어버린 장관님한테 다시 생각나게 해 주는 거면 어쩔라구요?

이반 아냐, 난 신사야. 점잖은 신사라면 그에 걸맞게 신사다운 행동을 해야지!

작가 그렇게 그날은 갔고, 다음 날이 되었습니다. 마침 그날은 장관께서 직접 탄원을 듣는 날이었기 때문에, 이반은 자기보다 앞서 온 5, 60명 탄원을 다 끝낼 때까지 기다려야 했습니다. 아침이 가고 오후가 다 갈 무렵에야 이반의 차례가 되었죠.

장관 자, 다음 사람!

이반 각하, 전 마지막 사람입니다.

장관 좋아, 마지막 사람!

이반 각하, 바로 접니다.

장관 그래, 뭘 탄원하러 왔나?

이반 전 탄원할 거 없습니다. 탄원하러 온 게 아니니까요.

장관 그럼 뭐야? 내 시간 낭비하러 왔나?

이반 각하, 절 못 알아보시겠습니까? 바로 엊저녁에, 그…… 폭발적인 상황을 만든 사람입니다. 제가 바로 각하께 코와 침을 뱉은 사람이라구요.

장관 뭐라구? 무슨 얘기야?

이반 어제 제가 재채기를 했잖습니까? 그래서 각하 머리에 제가 코와 침을 묻혔구요.

장관 아, 그래? 그런데 왜? 감기라두 들었는지 확인하러 온 거야?

이반 아닙니다, 각하! 전 용서를 빌러 왔습니다. 제가 한 재채기 속에는 아무런 정치적·사회적 동기도 없구요, 어떤 적의나 폭력도 없는 아주 순수한, 신께서 시키신 행동이었습니다. 그래서 저는 제 코가 생겨난 날을 저주합니다. 정말이지 이건 제가 잘못한 게 아니라 제 코가 잘못한 거예요. (자기 코를 쥔다.) 죄 많은 이 코를 벌하시되, 코 뒤에 있는 죄 없는 몸뚱이는 용서하십시오. 제 코를 시베리아로 유형 보내시더라도 제 몸은 용서해 주십시오. 각하, 이렇게 빕니다.

장관 이봐, 젊은이! 내말 잘 듣게. 난 자네 코에 대해 조금도 유감이 없어! 자네 코 같은 한심한 일에 신경 쓸 새가 없이 바쁘단 말야. 자, 당장 집으로 가서 뜨끈한 물에 목욕이나 하게. 찬물로 해두 상관없으니까, 좌우간…… 뭐든 하라구! 그리구 제발 그따위 바보 같은 일로 나를 못살게 굴지 말아. 자네 아니라도, 오늘 탄원하러 온 것들이 별의별 소리를 다 떠들고 가서 난 지금 자네 따위에 신경 쓸 정신이 없다구……. 에이구 골치야! (걸어 나간다.)

이반 오, 감사합니다. 신의 축복이 각하와 사모님과 온 가정에 넘치기를, 그래서 나날이 행복하시고, 밤에는 낮보다도 더 행복하시기를…….

작가 이제 커다란 안도감이 이반 체르디아코프를 감쌌습니다.

이반 아침마다 각하의 창문 밖에 새들이 날아와 노래하고, 각하의 커피가 진하고 뜨겁기를 빕니다.

작가 그렇게 무겁던 짐이 일순에 벗겨진 것이죠.

이반 각하가 앉았던 의자에 숭배합니다. 그리고 그 숭배하는 의자에 앉았던 각하의 바지도 숭배합니다.

작가 노래하고 휘파람을 신나게 불면서 이반은 집으로 향했습니다. 정말이지 인생은 멋지고 기쁘고 행복한 것이었습니다.

이반 오, 하느님! 전 행복합니다.

작가 그러나!

이반 그러나?

작가 이반은 집으로 돌아와서 곰곰이 생각하기 시작했습니다.

이반 가만있자, 혹시 내가 아주 잔인하고 인정 없는 농담의 대상이 되어서 놀림을 당한 거 아닐까?

작가 장관이 자기를 무시한 거 아닐까?

이반 나를 벌줄 생각도 없으면서 왜 그렇게 날 막 대했지?

작가 재채기쯤이 정말 별게 아니라면 왜 보기 싫은 것처럼 빨리 집으로 가라고 했을까?

이반 그날 밤 당한 일에 화가 나서 빈정댄 게 아닐까?

작가 이반은 몹시 화가 났습니다.

이반 몹시 화가 나는데!

작가 이런 생각에 엎치락뒤치락 밤을 지낸 이반은 아침이 되자 아내인 쏘냐를 불렀습니다!

이반 쏘오냐! (아내가 달려 들어온다.) 난…… 무시를 당했어. 모욕을 당했다구!

아내 네? 무시를 당해요? 누구한테요? 도대체 누가 당신같이 친절하고 점잖은 사람을 무시하고 모욕한단 말예요?

이반 누구냐구? 바로 브라셀로프 장관이야! 그자가 그랬다구!

아내 어머나, 뭐라구 그랬게요?

이반 악당 같으니라구. 날 그렇게 교묘한 수법으로 농락하다니…… 하마터면 깜빡 속아 넘어갈 뻔했다니까. 맞아 그런 교활한 수법으로 장관까지 됐을 거야. 모든 게 다 계획적이야. 내가 자기한테 찾아와 빌도록 모든 걸 꾸민 거구. 난 거기에 속아 넘어가서는 무시를 당한 바보 꼴이고!

아내 당신을 무시했어요?

이반 좋아! 당장 가서 얘길 하겠어! 하류 계급의 의견을 얘기해 주겠다 이거야! (문에 서서) 이 세상은 모든 사람을 위해 만들어진 거구, 따라서 어떤 나라의 어떤 색깔, 어떤 종교의 사람이라도 다른 사람한테 재채기를 할 수가 있는 거라구! 그래, 무시를 당해야 할 건 바로 내가 아니라 장관이라구!

작가 그래서 이반은 다시 그자를 무시하러 갔습니다!

장관이 앉아 있는 책상에 조명 켜진다.

장관 마지막 사람! (이반은 장관의 책상으로 다가서서, 약한 미소를 띤 채 버티고 서서 쳐다본다. 장관, 고개를 들어 쳐다본다.) 자넨 뭐야?

이반 뭐라뇨? 접니다, 각하! 저를 모르시겠습니까? 제 얼굴을 보세요! 네 그렇습니다, 바로 저예요. 제가 다시 왔습니다!

장관 (의아하게) 다시 왔다구? 누구지?

이반 (자신만만하게) 이반 체르디아코프입니다. 각하 말씀대로 집으로 돌아가긴 했지만, 목욕은 안 했습니다.

장관 이 지저분한 놈을 누가 들여보냈지? 도대체 자네 뭐야?

이반 (극도의 흥분 상태에서) 뭐냐구요? 제가 누구냐 이건가요? 네, 각하께선 거기 그 큰 책상 뒤에 앉아서 "자네 뭐야?" 하고 질문할 수 있으시겠죠! 멋진 책상에다, 장관이라는 높은 자리에, 귀족의 일원이니까 저 같은 밑바닥 공무원에게 뭐냐고 물을 수 있겠죠. 그리고 그 말 속에는 '이 세상에 평등이란 없다' 이런 뜻이 들어 있어서, 사람이란 봉사하는 쪽이랑 봉사 받는 쪽이 있기 마련이고, 명령하는 사람과 복종하는 사람이 있고, 절하는 쪽이랑 절 받는 쪽이 있는 게 당연하다. 그래서 누군가는 무시를 할 수 있는 거고 누군가는 모욕을 당하는 게 하나도 이상할 거 없다는 거죠. 그래서 저한테 쉽게 얘기하시는 겁니다. "자네 뭐야?" 하구 말이죠.

장관 (화가 나서) 아니, 도대체 무슨 헛소리야? 거기 서서 바보 같은 소리 지껄이지 말고 용건이 뭔지 빨리 얘기해!

이반 네, 용건을 말씀드리죠. 전…… 전…… 저…… 재채기한 걸 사과드리러 왔습니다. 확실하게 용서를 받은 건지 몰라서……. 각하, 그건 정말 우연이었습니다. 의도적으로 한 게 아녜요. 그러니 제발 저를 용서해…….

장관 (일어나서 소리친다.) 나가! 당장 꺼져, 이 바보 멍청이! 당장 내 눈앞에서 사라지란 말야! 난 네놈 낯짝을 다시 보구 싶지도 않으니까. 만일 또 한 번 네놈 상판때기가 내 눈에 어른거렸다 하면 그땐 진짜로 영원히 유배를 보낼 거야! 가만있어 봐, 너 이름이 뭐라구 했지?

이반 이반 체르디아 아 에취! (다시 요란한 재채기를 한다. 물론 장관 얼굴에!)

장관 (얼굴을 닦으며) 이…… 세균 분무기 같은 놈, 이 곤충 같은 놈, 벌레 같은 놈, 벌레만도 못한 놈……. 바퀴벌레 사촌에다, 벼룩의 사위 같은 놈, 구더기 조카 같은 놈……. 넌, 먼지 같은 놈이야. 아냐 넌 먼지도 못 돼! 넌 아무것도 아냐. 알아? 넌 아무것도 아니라구!

이반은 뒤로 물러서 나와, 집으로 간다.

작가 그 순간 이반의 몸속에서는 무엇인가 무너져 내리고 있었습니다. 무언가 아주 깊은 곳에 있는 아주 중요한 어떤 것, 그래서 한번 고장 나면 고칠 수도 없는 그런 무엇이……. 어쩌면 생명

력 바로 그 자체라고도 할 수 있는 것이 무너지고 있었던 것입니다. (이반은 코트를 벗고 소파에 앉아 손으로 머리를 감싼다.) 이제는 모든 일이 끝난 것입니다. 모든 일이 한꺼번에, 영원히 끝나고 그 다음에 일어난 얘기는 간단합니다. 이반 일리치 체르디아코프는 집으로 돌아와서, 코트를 벗고는, 소파에 누워 죽었던 것입니다.

조명 꺼진다.

제2막

제1장 : 물에 빠진 사나이

조명 밝아지며, 부둣가 한쪽의 둑이 나타난다. 저녁 무렵이고 안개 속으로는 멀리 항구와 배의 불빛이 보이고, 가끔 안개 경보가 울린다. 작가가 지팡이에, 싸늘한 바닷바람을 피하기 위한 큰 코트를 입고 나타난다.

작가 (서서 바다를 바라보다가 객석을 향한다.) 네, 머리 좀 식힐 겸, 바람 좀 쐬러 나왔습니다! (심호흡한다.) 아— 상쾌하군요. 정말 좋습니다. 이 시원한 바닷바람에 정말 온몸이 다 되살아나는 거 같군요. (다시 심호흡) 자, 몸에는 힘이 나는데…… 머릿

속은 꽉 막혀 있으니 어쩌죠? 아무런 생각도 아이디어도 나오질 않다니, 정말 저답지 않은데요. 보통은 너무 생각이 많아서 흘러넘치는 우물 같은데……. 오늘 밤엔 아무것도 없이 멍합니다. 있다면 그저 뭔가 써야 한다는 의무감만 있거든요……. 하지만 뭐 너무 걱정 마세요. 뭔가 떠오르겠죠. 항상 그래 왔으니 이번에도 그렇게 될 겁니다. 사실 이런 일은 작가라는 직업 가진 사람이면 누구나 한 번쯤 경험하는 일이고, 그래서 이걸 '작가의 벽'이라고 부르는데…… 뭐, 대단한 건 아닙니다. 곧 이겨 낼 수 있는 거니까요. 그리구…… 아! 잠깐, 네…… 아이디어가 하나 떠오르는군요. 네, 음…… 아하……. 아, 이런 쯧쯧…… 죄송합니다. 엉터리예요. 엉터리 정도가 아니라 아주 나쁜 아이디업니다. 아이디어 자체도 한심한 거지만, 벌써 한 번 우려먹은 거니, 아, 큰일인데요……. 하지만 뭐 오래가진 않고 잠시뿐일 겁니다. 그나저나 잠시 치고는 꽤 길 모양인데요. 아무런 생각도 안 난다…… 이거 신경이 곤두서는데요. 오, 하느님 절 도와주십쇼! 아, 아닙니다. 취소, 취소! 참 한심하군요. 하느님한테 얘기를 쓰기 위한 아이디어를 달라다니, 욕심이 너무 심했죠? 주여, 용서하십시오. 당장 집으로 가서 잠이나 자겠습니다. 내일은 또 새로운 날이니까요. 하지만 저, 혹시 밤 동안에 좋은 아이디어 하나 떠오르시면 좀 알려 주십시오. 아이디어를 위한 아이디어라도 좋습니다. 그리구 뭐 꼭 오리지날이 아니라두 좋아요. 전 원래 얘기를 슬쩍 바꾸는 데 소질이 있으니까요. 아, 이거…… 제가 지금 무슨 소릴 했죠? 급하다 보니 하느님한테 표절까지 하자구……. 아무래도 이거 증세가 더 심해지기 전에 집에 가서 잠이나 자야겠습니다. (돌아서서 나가려는데, 어떤 물체가 어둠 속에서 그를 부른다.)

건달 이보셔, 나으리. 시간 있으면 잠깐 얘기 좀 합시다!

작가 (돌아서서 본다.) 거기 누구요? 당신, 사람이요?

그림자가 불빛으로 나온다. 낡은 옷에 면도도 안 했고, 장갑은 손가락이 죄다 나와 있는데 꽁초를 피우고 있다.

건달 아, 날씨 좋습니다. 나으리…… 혹시 재미 보실 생각 없으슈?

작가 (의아스레) 재밀 보다니, 무슨 소리 하는 거요? (돌아선다.)

건달 끝내줍니다. 아주 삼삼하고 짜릿하니까, 기분 전환하는 덴 최고죠. 어때요?

작가 뭔지 모르지만 난 관심 없으니까, 저리 비켜요. 나같이 점잖은 사람한테 그런 소리 해 봤자 아무 소용 없을 거요.

건달 헤, 그래두 이렇게 흥미진진한 건 못 보셨을 텐데……. 내 구라치는 게 아니라 진짜 평생 한 번 볼까 말까 한 삼빡한 거라구요. 에이 나으린 궁금증도 없으슈?

작가 아, 난 원래 직업상 궁금증을 가지는 게 필수적이긴 하지만…… 그래도 도덕적으로 타락할 만큼 바보는 아니라오! 자, 실례합니다.

건달 아, 역시 겁이 많으시군! 하긴 심장 약한 사람한테는 너무 자극적일 거요!

작가 (재빨리 돌아선다.) 아, 잠깐!

건달 헤헤, 그 소릴 들으니 못 참겠죠?

작가 좋습니다. 사실 궁금해서 묻기만 하는 건데…… 그…… 재미란 게 도대체 뭐요?

건달 (가까이 다가와 은밀히 얘기한다.) 저…… 물에 빠져 죽은 사람 구경하는 거라오!

작가 (그를 쳐다본다.) 뭐라구요?

건달 물에 빠져 죽은 사람요. 짠 바닷물이 폐에 가득 차서, 온몸이 퉁퉁 부어 죽은 거. 싸게 해 드릴게!

작가 아니 그러니까, 돈 내고 물에 빠진 사람을 본다는 거요? 당신 미쳤군. 여보쇼! 돈을 받아도 그런 거 구경할 생각 없소……. 아니 도대체 뭐하러 그런 걸 보라는 거구, 왜 내가 그걸 보겠소? 제정신 아닌가 본데, 당장 꺼져요! (지팡이로 밀어내고 걸어간다. 그러나 건달 다시 앞을 막는다.)

건달 나리, 3루블에 해 드릴게. 단돈 3루블만 내면 말예요, 쌩쌩한 놈이 하나 물에 뛰어들어서는, 아등바등 몸부림을 치다가 결국은 비참하게 빠져 죽는 걸 처음부터 볼 수 있다구요!

작가 아니, 그럼…… 그 사람이 벌써 빠져 죽은 게 아니라, 아직도 살아 있다는 거요?

건달 죽다뇨, 무슨 소릴. 멀쩡히 살아서, 아주 팔팔한 데다 아직은

물 한 방울도 안 묻은 채로 이렇게 나으리 앞에 서 있지 않습니까. 네, 바로 제가 빠져 죽는 사람이라구요!

작가 당신이? 오, 그러니까 나한테 3루블 받고 물에 빠져 자살하겠단 거군요. 헤, 자살하고 싶으면 하지, 왜 돈을 받으려는 거요?

건달 에유 나으리, 건 오해요. 누가 진짜 빠져 죽나요? 그저 빠져 죽는 척하는 거지. 저 찬물 속으로 뛰어 들어가서 잠시 물장구를 치면서 팔을 버둥대면서 살려 달라고 소리치다가는 부글부글 부글 물속에 잠겼다가 머리를 밑으로 하고 둥둥 떠올라 흐늘흐늘하는 건데, 어때요? 듣기만 해도 짜릿하고 서늘하죠? 자, 개인 관람은 3루블이고 단체 관람은 요금이 다릅니다. 자 2분만 있으면 시작할 건데, 안 볼 거요?

작가 가만있자, 그러니까, 내가 지금 물에 빠져 죽는 가격을 흥정하고 있는 거요?

건달 하, 뭘 모르시는군. 이건 그냥 흔해 빠진 싸구려 오락이 아니라니까 그러시네. 내면에 우리의 사회상을 표현하는 뭔가가 있고, 비극이면서도, 보는 이의 눈에 따라서는 아이러니가 들어 있는 코미디라 이거죠.

작가 당신 아주 유식하구만. 그나저나 이게 뭐가 코미디요? 난 하나도 안 우스운데!

건달 아, 입이 딱 벌어지고, 뺨이 불룩거리겠다, 눈알이 튀어나오는데 그게 안 우스워요? 게다가 찢어지는 소리로 살려 달라고 고래고래 악쓰는 게 꼭 돼지 같다구요. 뭐, 사실 이 근처에서 그런 솜씨를 가진 건 나밖에 없수!

작가 당신 보기엔 내가 물속에서 돼지 멱따는 소리 내는 거에 돈을 낼 사람 같소?

건달 아니, 그럼 장사가 안 되는데 내가 이 짓 하는 거 같수? 올 시즌엔 그래두 꽤 벌이가 좋았죠. 8월엔 매진이었구요. …… 어떻습니까, 아예 디너쇼로 예약을 하시겠수?

작가 디…… 너…… 쇼요?

건달 뭐 내가 물에 들어가서 허부적거리다 생선을 한 마리 던져 주는 거죠. 요샌 여기 넙치가 많아요.

작가 도대체 내가 여기서 지금 뭘 하는지 모르겠소!

건달 그러니 어서 결정을 하셔야지. 이제 5분만 있으면 식당에서 쓰레기를 갖다 버리는 시간이라, 물이 더러워져요. 저도 깨끗한 분위기에서 일하고자 하는 정도의 프라이드는 있으니까!

작가 프라이드? 프라이드 있는 사람이 이렇게 지저분한 수영 선수 흉내 내며 먹고 산다는 거요?

건달 아, 나리는 아주 잔인한 사람이구만요. 거 남의 직업에 대해서 그렇게 약점을 잡는 거…… 그거 나쁜 짓이요. 진짜 잔인한 거라구요.

작가 잔인하다니, 난 그런 의도는 아니요.

건달 좋쉬다, 뭐 제 직업에 단점이 있다는 거 인정하겠수! 하지만 말이요, 탄광에서 일하는 광부가 하루 일 끝내고 나오는 거 보셨수? 온 몸뗑이가 새카만 거는 고사하고, 콧구멍 귓구멍까지두

석탄가루가 꽉 끼었고, 웃을 때 보면 이빨 사이에두 새까맣게 끼어 있쉬다. 진짜 구역질 난다 이거요. 또 이발사는 어때요? 남의 머리카락 만지다 집에 돌아가서 저녁이라도 먹을라 치면, 이건 빵에, 국 속에, 접시에, 머리칼투성이라 메슥메슥하죠. 또 외과 의사는 일할 때 손을 어디다 처넣구 일하는지 아슈?

작가 아, 제발 좀.

건달 또 농부가 발을 디디고 일하는 땅에 뭐가 있는데요? 자, 보슈. 결국 사람이 일을 한다는 건 뭔가 더러운 걸 건드린다 이건데, 나야 닿는 게 물밖에 더 있수? 뭐 몸을 적시긴 하지만, 물이란 깨끗한 거예요. 순수하다 이 말요. 일 끝내고 집에 가서 목욕할 필요도 없는 거구……. 어떻게 생각하쇼?

작가 난, 뭐 당신한테 내 용변 습관에 대해 토론할 생각은 없어요. 아무튼 당신 때문에 지금 기분이 좋질 않아요. 여기 어디 마차가 있을 텐데……. (소리친다.) 마차! 마차!

건달 후회할 거요, 나으리. 지금 이대로 가게 되도, 며칠 지나면 세상살이가 죽도록 지겨워서는, 비참하게 물에 빠져 죽는 꼴을 한번 보고 싶다! 하고 느껴서 여기 다시 와 봤자, 난 없을 테니까……. 여기서의 공연은 오늘이 마지막이요. 내일은 일요일이고, 다음 주는 얄타로 갈 예정이라우! (뒤쪽에 순경이 나타난다.)

작가 이봐요, 저기 순경 오는 거 보이죠? 내 앞에서 당장 사라지지 않으면 공갈죄로 고발할 거요!

건달 아니 누가 공갈쳤다구 그래요? 난 해양 오락 사업 중인데!

작가 물에 빠져 죽는 게 해양 오락이요? 당신이야말로 해양 정신병자야. 여보쇼, 순경! 순경!

건달 (피하기 시작하며) 알았어요, 알았다니까. 젠장, 물에 빠져 죽는 장사도 전 같지 않구만! (둑 너머로 사라진다. 경관이 급히 온다.)

경관 무슨 일입니까?

작가 네, 저 둑 너머에 웬 남자가 있는데, 자꾸 나한테 치근치근 따라붙으면서 수상한 소릴 합디다!

경관 아이구, 조심하셔야지. 이 근처는 원래 못된 놈들이 우글거리는 데니까, 선생님같이 점잖은 분이 오실 데가 못 됩니다. 그래 무슨 소릴 했죠?

작가 글쎄, 기가 막혀 말이 안 나와요. 내가 3루블만 내면 물에 빠져 죽겠다는 거예요.

경관 뭐요? 아니…… 3루블이라니! 60코펙이면 돼요! 지가 아무리 멋있게 빠져 죽어도 60코펙이면 충분한데…… 3루블이라니, 나쁜 놈!

작가 아니, 저, 내 말은 그게 아니고.

경관 저쪽 둑에는 형제가 한꺼번에 같이 빠져 죽는대도 2루블이면 되는데. 아무튼 이런 놈들이랑 흥정할 땐 조심해야 합니다. 돈을 가치 있게 쓰셔야죠!

작가 난 지금 가격 얘길 하는 게 아니에요.

경관 3루블이라니, 요전에 열네 명이 완전한 난파선의 침몰을 재현했을 때 바로 3루블 냈다는데……. 그리구 날씨 좋을 때는 10루블만 내면 해군 군함이 침몰하기두 하죠. 아무튼 한 사람 빠져 죽는 데는 60코펙이면 뒤집어써요. 자, 뭐든 제값을 알아야 공정 거래라는 게 될 텐데……. 그럼 수고하십쇼! (경관은 모자를 슬쩍 건드리고는 반대쪽으로 나간다. 작가는 멍청하게 서서 어쩔 줄 모르고 있다.)

작가 아, 드디어 말세가 왔구나. 온 세상이 완전히 돌아 버렸어! (건달이 다시 기어 나온다.)

건달 하하…… 순경이 갔죠? 그래 순경더러 뭐라고 했수?

작가 뭐라고 하긴, 사실대로 말했지. 당신 머리가 좀 돈 거 같다구! 그랬더니 그 순경은 당신보다 더 돌은 모양입디다!

건달 아무튼 뭐, 제게는 귀찮은 일 없었으니 다행이에요. 뭐 손님께 감사하는 의미에서 내 가격을 대폭 할인해 드리지! 80코펙 어때요?

작가 80코펙? (소리친다.) 80코펙이 어디서 거저 생기는 줄 알아? 이 날강도 같으니, 당신 같은 사기꾼한테는 60코펙 이상 못 내!

건달 60코펙이라니, 빠져 죽는데 고거밖에 못 낸다면 난 손해예요. 수건 한 장에 40코펙이고, 날 건져 주는 친구한테 40코펙 주기로 했으니, 20코펙 손해 보느니 차라리 물속 깊이 들어가서 안 나오는 게 편하겠수!

작가 날 속일 생각 말고, 60코펙에 빠질래면 빠지고 말래면 마쇼!

건달 (투덜댄다.) 거, 손님 너무 빡빡하기도 하시지……. 에라, 좋쉬다! 까짓거 60코펙에 밑지는 장사 한번 해 봅시다! (손바닥 내민다.) 내, 죽어도 아들한테는 이 직업 안 물리겠수!

작가 (돈 준다.) …… 30, 40, 50, 60 맞죠? 자, 어디서 할 거요?

건달 (돈을 손수건으로 묶어 주머니에 넣는다.) 아무 데나 둑 가까이 서쇼! 가까이 서야 잘 뵈니까! (둑 끝으로 걸어간다.)

작가 이거 좀 어두운 거 같은데, 틀림없이 잘 뵈는 거죠?

건달 염려 마시라니까. 그리구 사실 좀 음침해야 더 무드가 있는 거 아뇨? 아무튼 길어 봤자 한 10초 정도니까 잘 보기나 하쇼. 자, 갑니다. 아차, 깜빡 잊을 뻔했네. 제가 물속에 잠겼다 세 번째로 떠오르면 말예요, 포프니체프스키! 포프니체프스키! 하고 소리를 크게 지르세요.

작가 포프니체프스키라니, 그건 또 누구요?

건달 아, 날 구해 줄 친구죠. 전 수영을 못하거든요.

작가 수영을 못한다니, 아니 수영도 못하면서 지금 물에 뛰어들겠다는 거요?

건달 그래야 실감 나죠. 포프니체프스키란 놈 지금 아마 저기 저 술집에서 한잔 하면서 기다리고 있을 거예요. 그래서 부르는 소리 들리면 뛰어올 거니까, 자, 포프니체프스키니까 이름 잊지 마시구. 그럼 구경 잘 하슈. 그리구 맘에 드시면 친구분들한테두 선전 좀 해 주시고……. 자, 그럼……. (뛰어들어 소리친다.) 사람 살려! 아악…… 난 수영 못해요! …… 사람 살려!

작가 여보쇼, 잘 안 보이니까 이쪽으로 좀 와요!

건달 아푸, 아푸, 사람, 사람 살려! 아악…….

작가 아, 진짜 같구만 그래! 잘하는데. 자, 이제 허부적거리는 건 됐으니까 빠져 죽어 봐요! 나, 시간 없으니까 빨리해요!

건달 아푸푸, 꼬로록…….

작가 여보쇼! 내말 안 들려요? 이젠 빠져 보라니까. 아니 어디 갔지? 아, 거기 떠올랐군……. 이제 세 번째요? (포프니체프스키를 부르려다가) 가만있자, 그 친구 이름이 뭐랬더라?

조명 꺼진다.

제2장 : 오디션

목소리(작가의) 다음 분! …… 다음 여배우 지원자 나오세요!

젊은 여자 등장, 무대 중앙까지 걸어 나온다. 초조한 듯 작은 손지갑을 꽉 쥐고 있으며, 어디를 봐야 할지, 어떻게 해야 할지 모르면서도 이것이 첫 오디션인 만큼 억지로 웃으려 하며, 또 좋은 인상을 보이려 한다. 하지만 손수건으로 계속 이마를 닦는다.

목소리 이름!

소녀 (질문을 이해 못하고) …… 네?

목소리 아가씨 이름 말야!

소녀 아, 니나요.

목소리 니나, 그거뿐야? 니나 뭐야?

소녀 네, 아…… 저, 니나 미하일로브나 자레크나야예요.

목소리 나이!

소녀 제 나이요?

목소리 그래, 지금 나이가 몇 살이냐구?

소녀 (생각한다.) 몇 살 된 사람을 찾으세요?

목소리 그냥 간단히 질문에 대답할 수 없나?

소녀 네, 하지만 전 어떤 나이의 역할도 할 수 있거든요. 열여섯 살, 서른 살…… 그리구 전에 학교서 연극할 때는 류머티즘에 걸린 일흔 살 노파 역을 했는데, 모두 그럴듯하게 했다고 했구, 일흔여덟 된 노파는 진짠 줄 알았대요.

목소리 아가씨, 난 지금 류머티즘에 걸린 일흔 살짜리 노파를 찾는 게 아니고 스물두 살 난 소녀를 찾는 거야. 자, 몇 살이지?

소녀 스물……두 살요!

목소리 거짓말! 내가 보기엔 스물일곱이나 여덟은 돼 보이는데.

소녀 아, 그건 아마 지금 감기 때문에 머리가 아파서 좀 늙어 보일 거예요. 작년에 독감 걸렸을 땐 의사 선생님이 절 서른아홉 살로 봤으니까요. 하지만 선생님이 원하신다면, 스물두 살처럼 보이게 할 수 있어요! (이마 닦는다.)

목소리 아가씨, 혹시 지금 열이 있는 거 아냐?

소녀 네, 조금. 39도 5부예요!

목소리 뭐라구? 아니 열이 39도 5부나 되어 갖구 이 겨울에 밖엘 다닌단 말야? 당장 집에 가서 누워 있구, 다음에 다시 한 번 오지!

소녀 아녜요, 제발……. 사실 전 이 오디션을 보려고 여섯 달이나 기다렸어요. 그리구 여섯 달 기다리기 위한 명단에 등록하느라 석 달을 기다렸구요. 그런데 또다시 그 명단의 맨 끝에 다시 등록하게 되면 또다시 여섯 달을 기다려야 되고, 그땐 스물셋이니까 스물두 살짜리 역에는 맞지가 않죠. 그리구 좀 나은 거 같아요. (이마를 짚어 본다.) 아마, 열이 39도 정도밖엔 안 되는 것 같아요.

목소리 그러니까, 여배우가 되기로 마음을 단단히 먹었다?

소녀 네. 마음뿐만 아니라 온 정신과 숨결, 그리고 제 몸에 있는 뼈와 살과 혈관을 흐르는 피까지도…….

목소리 자, 자, 자꾸 신체적인 얘긴 그만하고…… 실제 경험은?

소녀 무슨…… 경험요?

목소리 뭐냐 하면, 우리가 지금 얘기하고 있는 연기에 관한 경험이지. 연기 경력이 있나?

소녀 무대에서 말인가요?

목소리 거기 말고도 연기가 필요한가?

소녀 아, 전 조블렌스카 부인 밑에서 3년간 연기 공부를 했어요.

목소리 여기 모스크바에서 연기 지도하고 계신 분인가?

소녀 아뇨. 오데싸에서 제가 다닌 고등학교 선생님인데…… 그래도 전에는 아주 유명한 배우였대요!

목소리 여기 모스크바에서?

소녀 아뇨, 오데싸에서요.

목소리 결국, 아가씬 솔직히 말해 아마추어로군!

소녀 네. 모스크바에선 그렇지만, 오데싸에서는 프로예요!

목소리 물론이겠지. 하지만 우리가 찾는 건 스물두 살 난 모스크바의 프로 여배우거든. 자, 내가 충고를 할까? 좀 더 경험을 쌓고, 또 아스피린도 좀 먹도록 하지!

소녀 (가다가 멈춘다.) 저…… 전 나흘이나 걸려서 여기까지 왔는데 그냥 한번 읽기나 할 수 없을까요?

목소리 하지만 아가씨, 그래 봤자 피차 서로 입장만 곤란하고…….

소녀 아녜요. 절 배우로 써 주지 않으셔도 괜찮으니까, 그저…… 선생님 앞에서 제가 대사를 해 봤다는 것만 해도 제게는 평생 잊지 못할 추억이 될 거예요……. 거짓말로 들리실지는 몰라도 전 선생님이야말로 현존하는 위대한 작가 중 한 분이라고 생각해요.

목소리 그래? 고맙군. 에…… 뭐 그게 아가씨 소원이라면 한번 대사를 해 봐!

소녀 전 선생님 작품은 거의 다 읽었어요. 단편이랑 신문 기사까지두요. (웃는다.) 특히 그…… (더 크게 웃는다.) 그…… (이젠 신경질적으로 웃는다.) 죄송해요, 그 작품 생각만 하면 저도 모르게 웃음이 나서…….

목소리 (역시 웃으며) 그래? …… 어떤 작품인데?

소녀 (아직 웃으며) 그 〈말단 공무원의 죽음〉요. 그걸 읽고 전 며칠 동안 웃었는걸요.

목소리 말단 공무원의 뭐? 기억이 안 나는데, 내용이 뭐지?

소녀 그 왜…… 체르디아코프의 얘기 있잖아요. 재채기를 해 갖구…….

목소리 아, 그거! 그게 우스웠다구? 이상하군. 난 슬픈 의도로 쓴 건데.

소녀 아, 물론 슬프기도 했어요. 며칠간 울었으니까요……. 아무튼 비극적 희극인 거 같아요.

목소리 정말? 그럼 아가씨가 읽은 작품 중 제일 맘에 드는 작품이 뭐지?

소녀 제가 제일 좋아하는 작품요?

목소리 응, 뭐야?

소녀 …… 〈전쟁과 평화〉요.

목소리 그건 내가 쓴 게 아니지!

소녀 네, 톨스토이죠. 하지만 제가 가장 좋아하는 작품이 뭐냐구 물으셨잖아요?

목소리 아, 그래……. 참 아가씬 솔직하군. 좋아, 아주 재미있었어. 자, 그럼 대사를 해 봐!

소녀 네, 〈세 자매〉 중의 대사를 할까 하는데요.

목소리 오, 〈세 자매〉라구? 좋아, 그중 누구?

소녀 세 명 다요. 시간이 있으시다면…….

목소리 세 명을 다? 맙소사, 아예 작품을 죄 읽지 그래?

소녀 정말요? 감사합니다. 사실 전 다 외우고 있어요. 제 1막! (위를 본다.) "프로조로프 저택의 거실, 한낮의 태양이 넓은 프랑스식 창문을 통해 비친다……."

목소리 아, 제발……. 시간이 없으니까 대사만 조금 해, 응?

소녀 네, 그럼 맨 끝부분을 하겠어요.

목소리 끝부분? 응, 그건 별로 길지 않겠군. 준비되는 대로 한번 해 봐!

소녀 전 벌써 여섯 달 전부터 준비하고 있어요. 물론 그 여섯 달 가운데 대기자 명단에 오르느라 기다린 석 달은 빼고…….

목소리 알았으니까 빨리 시작해!

소녀 네, 죄송합니다. (목을 가다듬고, 막 시작하려다가) 저, 선생님 죄송하지만 "타라라 붐데이, 세상이란 다 그런 거라오!" 하고 말씀해 주실래요?

목소리 뭐? 아니 왜 난데없이 그런 소릴 하라는 거야? 난 그런 바보 같은 소리 할 생각 없어!

소녀 하지만 이건 선생님께서 쓰신 건데요. 끝부분에 체부티킨이 하는 대사거든요. 그 대사를 읽어 주시면 고 다음엔 마샤 대사가 시작되는데…… 사실 전 여섯 달 기다렸고, 오데싸에서 여기까지 걸어오느라 나흘이 걸린 거예요. 또…….

목소리 아, 알았어, 알았다구. 자, 준비됐나?

소녀 네.

목소리 "타라라 붐데이, 세상이란 다 그런 거라오!"

소녀 그러자 마샤가 얘기합니다. "저 음악 소릴 들어 봐. 모두들 떠나나 봐……. 그리구 한 사람은 아주 영영 가 버린 거지? …… 이제 여기는 우리만 남았어. 그래, 우린 살아야 돼. 우린 살아야 돼…… 새로운 인생을 시작해야 돼." 그리고 이리나가 얘기합니다. "앞으로 언젠가…… 이게 모두 무슨 일이었는지 알게 되는 날이 오겠지. (소녀의 감정이 예상보다 훨씬 풍부해진다.) 그러면 우리가 왜 이런 괴로운 시련을 겪고 살아야 했는지도 알게 될 테고, 신비로운 것도 모두 사라질 거야……. 하지만 그때까지 우리는 그저 살아가야만 하는 거야. 일이나 하면서……. 그래, 일을 해야지. 난 혼자 나가겠어. 혼자라도 학교로 나가 가르칠 거야! 내가 아는 모든 걸 필요한 후세들에게 가르쳐 주겠어……. 지금은 가을이지만 곧 겨울이 올 테고, 모든 게 찬 눈으로 덮여 버리겠지……. 그때까지 나는 계속 살 거구, 계속 일을 할 거야!" 마저 끝낼까요?

목소리 (부드럽게) 아, 물론!

소녀 끝으로 올가가 얘기합니다. "사는 동안은 모든 게 저 음악 소리처럼 너무 감미롭고 또 힘차기 때문에, 계속 살고 싶어지는 거야. 하지만…… 세월이 가면 우리도 떠나 영원히 잊혀질 거야.

우리 목소리, 우리 얼굴…… 우리가 누구였는지, 뭘 했는지, 아무도 모르겠지……. 하지만 우리의 괴로움도 우리와 함께 사라질까? 그래서 우리 다음 세대는 우리보다 괴로움을 덜 겪을까? 언젠가 이 세상에 기쁨과 평화가 가득 차면, 그때를 사는 행복한 사람들은 지금 우리를 기억하면서 감사의 말을 할까? …… 마샤, 이리나, 사실 난 조금만 더 알고 싶어. 우리는 왜 사는 거고, 왜 괴로움을 겪어야 하는 걸까? 난…… 그걸 알고 싶어. 정말 알고 싶어…….” (조용하다.) 감사합니다, 선생님. 이젠 더 바랄 게 없어요. 덕분에 전 이제 아주 후련하고 행복해요! 그럼 안녕히 계세요. (무대 밖으로 걸어 나가고, 빈 무대만 남는다.)

목소리 (부드럽게) 자, 저 아가씨가 오데싸로 걸어가기 전에 누가 빨리 가서 좀 데려오게!

조명 꺼진다.

《굿 닥터》(포도원, 1992)

활동 거리

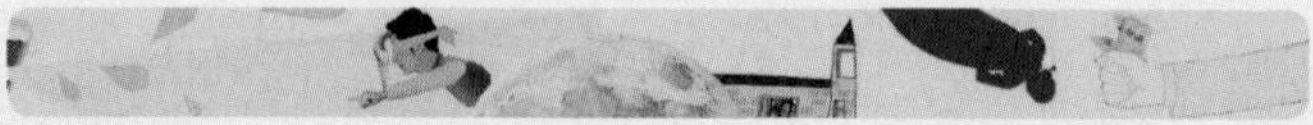

1 〈재채기〉를 읽고, 다음 물음에 답해 봅시다.

1) 연극 관람 중 재채기를 한 이후 '이반'은 장관에게 끝없이 사과를 하러 갑니다. '이반'은 왜 그렇게 행동했을까요? 만일 여러분이 이러한 상황에 놓인다면 어떻게 행동하겠습니까?

2) '이반'이 숨을 거둔 이유는 무엇이라고 생각합니까?

2 〈물에 빠진 사나이〉를 읽고, 다음 물음에 답해 봅시다.

1) '작가'는 왜 마음을 바꾸어 물에 빠져 죽는 사람의 모습을 관람하게 되었을까요?

2) '건달'은 물에 빠져 죽는 사람을 돈 내고 구경하는 일을 '해양 오락 산업'이라고 합니다. 이와 비슷한 상황이 우리 사회에도 있는지 찾아봅시다.

3 〈오디션〉을 읽고, 다음 물음에 답해 봅시다.

1) '작가'라는 인물이 실제 눈에 보이지 않고 '목소리'만으로 처리되어 있습니다. 이렇게 설정한 이유가 무엇일지 설명해 봅시다.

2) 여러분이 오디션에 응모한 배우 지망생이라고 가정하고, 마지막 장면에서 '소녀'가 연기했던 올가의 대사를 감정을 담아 읽어 봅시다.

3) 결국 '소녀'가 진정으로 바라는 것이 무엇일지 이야기해 봅시다.

4 〈재채기〉, 〈물에 빠진 사나이〉, 〈오디션〉의 내용이 서로 어떤 관련이 있을지 생각해 보고, 이 작품의 제목을 '굿 닥터'(훌륭한 의사)로 한 이유가 무엇일지 설명해 봅시다.

엄인희
그 여자의
소설

마중글

〈그 여자의 소설〉은 한 여성의 실화를 바탕으로 한 작품으로, 일제 강점기에서부터 한국 전쟁을 거쳐 1970년대에 이르는 한국 현대사를 담고 있습니다. 주인공인 '작은댁'의 남편은 독립운동을 하러 만주로 떠납니다. 작은댁은 가난한 생활에 시달리고 있는 시아버지와 어린 딸을 위하여, 아들 없는 김씨 집안에 대를 이을 자식을 낳아 주러 들어갑니다. 작은댁은 바라던 아들을 낳고 본처인 큰댁과도 사이좋게 지내지만, 새 남편인 김씨는 두 여자에게 포악하게 굴기만 합니다. 그러다 한국 전쟁이 일어나 피란 가는 도중에 큰댁이 미군 부대로 식량을 구하러 갔다가 죽게 됩니다. 그 후 작은댁의 운명은 어떻게 될까요?

이 작품에는 '단지 여자로 태어났다는 이유만으로' 온갖 고통을 겪어 온 이 땅 여성들의 모습이 나타나 있습니다. 후처인 작은댁은 호적에 오르지도 못한 채 친아들에게 '작은엄마'로 대접을 받습니다. 평생 동안 남편에게 죽도록 얻어맞아도 모든 것을 자신의 운명으로만 여기며 살아갑니다. 이 모든 것이 바로 '가부장제'라는 한국 사회의 구조적인 문제 때문에 생긴 고통입니다. 이는 이 땅에 살았던 모든 여성들이 겪은 고통이기도 합니다.

또한 이 작품에는 식민지 시대와 전쟁, 그리고 궁핍과 고통으로 얼룩진 한국 현대사가 생생히 드러납니다. 일제에 빼앗긴 나라를 되찾기 위하여 광복군으로 활동하던 독립투사들은 겨우 목숨만 건진 채 돌아와 병든 몸으로 목숨을 부지합니다. 전쟁 중에는 수많은 사람들이 날아드는 총알과 포탄에 그리고 굶주림과 추위에 목숨을 잃고 맙니다. 전쟁이 끝난 후에는 이념 갈등과 대립으로 인해 주위의 따가운 시선을 받으며 연좌제에 시달리기도 했습니다. 이 모든 것이 우리 현대사의 비극입니다.

이 작품은 30여 년이 넘는 한 여인의 일생을 8장 형식에 담고 있기 때문에 각 장면 사이의 시간적인 간격이 큽니다. 각 장면 사이에 일어났을 여러 가지 사건들을 추리하며 읽어 나가는 과정에서, 불행했던 우리 역사가 개개인의 삶에 얼마나 큰 아픔을 주었는지를 생각하게 될 것입니다. 평생 '작은댁'이라는 이름으로 살아가야 했던 어느 여인의 모습을 보며, 우리 어머니들이 견디어 낸 삶의 무게를 가슴 깊이 느껴 보시기 바랍니다.

등장인물 | 작은댁, 큰댁, 귀분네, 남편, 조춘 아버지(작은댁의 남편), 조춘이(작은댁의 딸)

제1장

귀분네 방, 42년 봄

흙벽이 무너져 내릴 것 같은 초가이다.

창호지와 갱지로 더덕더덕 기운 문이 삐끔 열려 있다.

윗목에 작은댁이 앉아 있다.

아랫목에는 큰댁이 앉아서 샅샅이 훑어본다.

귀분네, 바가지에 떡을 담아서 들고 들어온다.

귀분네 (큰댁한테) 그냥 오시지, 웬 쌀떡이래요. 김이 무럭무럭 나네. (조금 떼며) 앗 뜨거, 아직 뜨겁네. (작은댁한테) 자네도 먹어 봐.

작은댁, 얼른 손이 가려다 멈추고 눈치를 살핀다.

작은댁, 침만 꿀꺽 삼킨다.

큰댁, 기침을 한다.

귀분네 아이고, 참! 형님! 아직 말도 안 건네셨어요? 이제 한 식구 될 텐데, 뭘 뜸들이구 그러세요.

귀분네, 떡을 먹는다.

큰댁 이이가 올 스물셋이라구 했지?

귀분네 예? 그런가? 자네가 열여섯에 박 씨한테 시집와서…… 열여덟에 조춘이를 낳고…… (손가락을 짚어 가며) 맞네요, 맞아. 그렇지?

작은댁 (모기만 한 소리로) 예!

큰댁 달거리는 꼬박꼬박 하나?

귀분네 그럼. 조춘이 엄마도 자신 있으니까 이런 자리에 오겠다고 하겠지. (작은댁한테) 이것 봐, 혹시 거르거나 오랜만에 하지는 않지?

작은댁 (수줍어하며) 예!

큰댁 홀시아버지를 모신다는데 괜찮겠나?

귀분네 이 사람 남편이 중국서 광복군 한다고, 일본 순사 놈들이 데려가서 겁탈하려고 했잖아요. 오히려 이 집 시아버지가 더 서두르는 거예요. 일본 놈 노리개가 되느니 남의 집 첩살이가 낫다고.

큰댁 (혀를 끌끌 차며) 첩살이를 시킨댔나? 아들 하나 낳아 주면 살 만큼 하게 해 주고 내보낸다고 했지.

작은댁은 그동안 안절부절못한다.

귀분네 그러다 딸부터 낳으면 어째요. 사람 일이 그렇지. 생각대로 씨만 받을 수 있수?

큰댁 (화를 내며) 이게 무슨 재수 없는 소리야? 냉큼 소금 가져와! (작은댁한테) 자네! 앉은 태도가 그게 뭔가? 오줌 쌌나?

작은댁 (놀라며) 아닙니다. 옷을 빌려 입었더니 조심스러워서요.

귀분네, 씨부렁거리며 소금 가지러 나간다.

큰댁 자네 애기 아버지한테 통 기별이 없나?

작은댁 예.

큰댁 내가 영순이란 딸 하나 낳고 올해로 십 년이네.

작은댁, 알고 있다고 고개를 끄덕인다.

큰댁 우리 집 바깥어른이 아들 없는 집에 들어오기도 싫다고, 아예 기생집 사랑에서 주무신다네. (한숨을 쉬며) 거기서라도 하나 낳아 오면 좀 좋아. (떡을 집어 주며) 먹게. 오랜만에 떡 구경할 텐데…….

작은댁, 무릎으로 기어와서 두 손으로 공손히 받아 맛있게 먹는다.

큰댁 애기 아버지하곤 어땠나? 첫정이 좋았나?

작은댁 마님! 어르신한테 정 안 붙일게요. 그냥 아들만 하나 낳아 드리고 다시…….

큰댁 다시 뭐?

작은댁 우리 아버님한테 돌아오려구요.

큰댁 (웃으며) 시아버지가 친정아버지인 줄 아나? 내 혼자 살 수 있게 해 줌세. 염려 말게.

작은댁 (실망하며) 그래요…… 아버님 다시 모실 수 없어요? 조춘이 하고도요?

큰댁 모르지. 조춘이야 딸인데 자네 줄 수도 있지. 아버지 생사도 모르겠다…….

작은댁 다시 갈 수 없다구요?

큰댁 행여 딴 생각 말어. 물은 엎질러졌으니까.

작은댁, 시무룩하다.

큰댁 그런데 자네 친정어머니나 언니는 주로 무얼 많이 낳았나? 아들인가?

작은댁 언니는 없구요, 어머니는 저를 낳다가 돌아가셨어요.

큰댁, 끄응 하며 돌아앉는다.

작은댁 오라버니가 세 분 있습니다.

큰댁, 얼굴에 화색이 돈다.

빼꾸기가 낭랑하게 노래한다.

작은댁 (혼잣말) 벌써 쌀 한 가마 받았으니 무를 수도 없고…… 다섯 말이나 팔아서 빚을 갚았으니 무를 수도 없고…….

귀분네, 누더기 옷과 물 한 대접을 들고 들어온다.

귀분네 (누더기 옷을 내밀고) 미친놈의 여편네! 빌려 준 지 얼마나 됐다고 내놓으래. 더러워서!

작은댁 (놀라며) 옷 달래요?

작은댁, 돌아앉아서 옷을 갈아입는다.

큰댁, 작은댁의 몸을 눈여겨본다.

귀분네 (큰댁한테) 어떠우?

큰댁 (웃으며) 다음부터 그런 옷 빌려 입지 마라. 그건 속치마다.

귀분네 이렇게 좋은 옷이 속치마라구요?

큰댁 우리 집에 오면 겉치마, 속치마, 고쟁이 다 입게 해 주마.

작은댁 고맙습니다.

큰댁 어디 저 멀리 함경도 같은 데서 데려오면 좋을 텐데, 같은 소사 사람이라 민망하네.

귀분네 그건 그래요. 그렇지만 어쩌겠수, 형님 혼자 꾸미는 일인데 가까이서 못 구하면 영 틀린 일이죠. 저기…… 바깥어른은 알고 계셔요?

큰댁 그 양반이 열 계집 싫달 사람인가. (일어나며) 길게 있으면 만날 테니까 일어나겠네.

셋, 함께 일어선다.

귀분네 여기 있어, 나오지 말구.

큰댁 내 곧 무당한테 날 받아 가지구 일습을 마련해서 보내겠네.

귀분네 알았어요. 어서 가세요. 아무리 가깝다 해도 두어 시간 걸어야 가시잖아요.

작은댁 마님! 안녕히 가세요!

큰댁 마님은 무얼, 이제부터 형님이네.

큰댁, 작은댁의 손을 꼬옥 잡는다.

작은댁, 수줍어한다.

제2장

큰댁 앞마당, 43년 여름

큰댁의 아담한 기와집이다.

작은댁, 부엌에서 바가지를 들고 나온다.

평상에 걸터앉아 바가지 안의 밥을 비빈다.

참기름 냄새가 코를 찌른다.

작은댁, 싱글벙글하며 밥을 맛있게 먹는다.

귀분네와 큰댁이 옥수수를 한 광주리씩 가득 담아 이고 들어온다.

작은댁, 깜짝 놀라며 바가지를 얼른 감추고 옥수수 광주리를 받아서 내린다.

큰댁 아구구구! 밥은 앉혔나?

작은댁 (고개를 외로 돌리며) 예! 지금 보리 삶아서 가마솥에 들여놨어요.

큰댁 아니, 그럼 불 안 때고 뭐 해?

작은댁 예, 하지요.

귀분네 (코를 찡긋거리며) 이게 무슨 냄새야? 이 집에 참깻묵 재어 노셨나…… 고소하네.

큰댁 (작은댁을 흘끗 보며) 자네 또!

작은댁 (얼른 바가지를 꺼내 보이며) 찬밥 얼른 비벼 먹고 한다는 것이 그만……. 실은 형님! 눈곱만큼 넣으려고 했는데요…….

큰댁 이게 무슨 조화랴?

귀분네 (바가지를 보며) 시제나 기제사 나물에도 귀해서 못 쓰는 참기름을……. 쯧쯧!

큰댁 아들 낳아 달라고 데려왔더니, 이년이 삼 년을 넘기고도 애는 못 낳고, 처먹는 것은 참기름이니 꿀이니 쏙쏙 쑤셔 먹어?

큰댁, 잡고 때릴 게 없나 이리저리 찾는다.

작은댁, 얼른 부엌으로 들어간다.

귀분네 왜 화를 내슈? 동네 웃음거리 만들려구 이러세요? 당신이 선보고 데려와 놓고 당신이 시샘을 한다고…….

큰댁 귀분넨 뭘 잘했다고 나서! 중신을 하려면 똑똑한 것으로 해야지. 영감이 뭐라는 줄 알어? 다른 여자를 보자고 했더니, 밭농사를 이리저리 옮기면 씨만 버린대요.

귀분네 어마! 속정이 깊숙이 드셨나 보네.

큰댁 웃을 일인가? 웃음이 나와? 한 두어 달 방 합치고 고개 너머 보내서 몸 풀려고 했지. 데리고 살려고 했냔 말이야.

귀분네 (퉁명스럽게) 아이, 또 뭐 알아요, 영감이 나이가 드셔 가지구 잘…….

큰댁 (말을 자르며) 아, 마흔둘이 늙었어? 작은집 얻을 땐 서른아홉이었다구.

작은댁 형님! 부지깽이 가져왔어요.

작은댁, 돌아서서 종아리를 올린다.

귀분네 딸년이유, 며느리년이유? 때리다 정 붙어요. 아예 한 식구 만들 모양이신가 보네.

큰댁 가서 불이나 때! 새참 늦어.

귀분네, 부엌에서 불을 때며 밖을 내다본다.

큰댁은 부지깽이를 다부지게 잡고 종아리를 때린다.

작은댁은 소리는 못 내고 펄쩍펄쩍 뛴다.

큰댁 벌써 몇 번째냐? 참기름은 영순이하고 영감님만 드시는 거라고 했지?

작은댁 네, 형님!

큰댁 지난 삼 년 동안 내가 못해 준 게 뭐가 있어! (때리며) 이팝을 안 해 줬나, 보약을 안 대려 줬나. 동경에서 보낸 오렌지라는 것도 나는 입에도 안 대고 갖다 바쳤으면…… 천하대장군 장승 머리에서 새싹이 나고, 염병 앓다 죽은 사람도 살아서 일어나, 이년아!

작은댁 잘못했어요.

큰댁 잘못했으면!

작은댁 제가요, 어떻게 해서든지 아들을 낳아 볼게요.

큰댁 사람이 염치가 있어야지. 먼저 박씨 댁에서 낳은 딸년이 보고 싫다고 울어서, 그걸 데려다 안 키웠나. 그 배배 틀리고 눈만 툭 튀어나온 것을 데려다 보얗게 살을 안 찌워 줬냔 말이야. 논물에 발 한번 담그라고 했나.

작은댁 형님! 은혜 꼭 갚을게요.

큰댁 아들 못 낳고 밥만 축내려거든 마님이라고 불러. 밥값도 못하는 년이 무슨 건넌방에서 작은마님 행세냐, 행세가!

귀분네 (내다보며) 그만하세요. 매달 달마다 가슴 졸이며 사는 여자는 오죽하겠어요.

큰댁 그게 아니라구. 자넨 몰러. 입 밖에 낼 말은 아니네만…… 내가 이 사람 들어온 뒤론 영순 아버지 곁에 한 번도 가지 않은 사람이에요. 그동안 손끝이라도 한 번 잡아 봤으면 성을 간다구. (부지깽이를 내던지며 나간다.) 어서 일꾼들 먹을 거나 내다 줘. 옥수수 쪄 놓고.

작은댁, 풀썩 주저앉아 종아리를 주무른다.

귀분네, 다가온다.

작은댁, 옥수수 껍질을 깐다.

귀분네 자네 고생이 많아. 형님 속마음은 알아듣는 거야?

작은댁 (종아리에 침을 바르며) 같은 여자니까요.

귀분네 어디 봐!

작은댁, 종아리를 보여 준다.

귀분네 그래도 자네 같은 시앗이 어딨나?

작은댁 아이, 시앗 소리 마셔요. 아들만 낳으면 그 다음 날로 나갈 테니까.

귀분네 허유, 젖도 안 멕이구? 지 자식인데?

작은댁 (소리를 죽이며) 조춘이는 어때요? 잘 있어요?

귀분네 몰러. 여기서 일 끝나고 집에 가면 새벽닭이 울 판인데, 거기 들여다볼 새가 어딨나. 뜸 들이지 말구 얼른 하나 낳아. 그래야 자넨 여기서 나가고, 나는 이 옆으로 움막이라도 지어 일 살러 들어올 것 아냐.

작은댁 마음대로 돼야 말이지요.

귀분네 조춘이 아버지는 진짜 죽었는지 살았는지 모르나?

작은댁 (한숨을 쉬며) 몰라요.

귀분네 이 댁에서 준 밤말 밭 두 마지기…… 자네 시댁에 아주 준 건가, 도지 준 건가?

작은댁 아주 줬어요. 문서도 받은걸요.

귀분네 아 참! 자네 정신대로 끌려간다고 일본 헌병이 도락꾸 타고 왔댔어. 딴 데로 시집갔다고 하니깐 조춘이라도 데리고 간다고…….

작은댁 조춘이를요?

귀분네 걔가 열 살만 넘었어도 끌려갔을걸. 아홉 살에다가 몸은 오죽 작어? 애기지. 데려다 걸레질도 못 시킨다고 통사정하고…… 조춘이는 뒷산으로 빼돌리고 그랬대지.

작은댁 (울먹이며) 조춘이가요?

귀분네 말이야 바른 말이지…… 나라를 해방시킨다고 나선 집안인데, 동네서 뒷구멍으로 도와주지는 못하고, 나부터도 이런 데 중신이나 들고…… 썩을 놈의 세상!

작은댁 그런 말 마셔요. 귀분네서 소처럼 끌어다가 판 것도 아니잖아요.

귀분네 그런데 왜 안 하던 짓은 해? 참기름은 왜?

작은댁 영 밥이 싫어요.

귀분네 밥이 왜? 굶는 사람이 천지인 세상에 무슨 호강에 바친 소리야?

작은댁 냄새가 싫어요.

귀분네 냄새가? 뭐야? 그러니까…… 저, 저, 달거리는 어떤데?

작은댁 (웃으며) 없어요.

귀분네 얼마나?

작은댁 이제 세 번 거르네요.

귀분네 틀림없지?

귀분네, 큰댁한테 달려가려고 한다.

작은댁, 붙잡는다.

작은댁 아무도 모르게 혼자 낳을 수는 없을까요?

귀분네 왜? 이럴 때 세도 한 번 부리지.

작은댁 딸이면 어떡해요?

귀분네 딸이라…… 무얼 먹고 싶나? 뭐가 먹혀?

작은댁 아들만 낳아 주고 바로 떠날래요.

귀분네 아이구, 여자는 팔자 한번 고친 걸로 족해. 어딜 가? 아들만 낳아 봐, 누가 알아, 자네가 안방 차지할지.

작은댁 (펄쩍 뛰며) 쉿! 형님 들으셔요.

귀분네 어이구, 철없기는…….

작은댁 이 집 남자 질색이에요. 짐승…….

큰댁, 헐레벌떡 들어온다.

큰댁 이게, 이게, 입덧이 아니면 그럴 리가 없어. 달거리하는 빨래도 요즘엔 안 나왔구.

귀분네 맞아요. 애가 들어섰나 보우. 경사나셨수.

큰댁 근데 왜 비벼 먹어?

귀분네 애가 서서 먹는 걸 가지구 무슨 타박이시우?

큰댁 벌겋게 비비면 딸이래잖아. 자네 조춘이 뱄을 때는 무얼 먹었나? 아냐. 당장 가자.

귀분네 어디요? 일이 태산인데.

큰댁 무꾸리한테 가야지. 뭔 줄 알아야 발이 땅에 닿지. 이거 나는지 서 있는지 분간을 못하겠네.

귀분네 (큰댁 손을 잡아다 작은댁 손을 쥐어 주며) 형님이 먼저 한마디 하시구요.

큰댁 (손을 꼭 쥐며) 수고했네. 고맙네.

작은댁 형님! 아들 한번 꼬옥 낳아 보겠습니다.

큰댁, 기특해서 작은댁을 쓸고 닦고 만져 준다.

외양간에선 송아지가 운다.

제3장

창경원 가는 길, 45년 봄

활짝 갠 봄날이다.

창경원으로 벚꽃놀이 가는 큰댁, 남편, 작은댁이다.

전차에 몸을 흔들리며 앉아 있는 세 사람. 남편은 모자, 양복, 지팡이, 흰 구두로 단장했다. 작은댁, 한복을 곱게 입고 남편 옆에 앉아 있다. 손에는 수가 예쁜 손가방을 들었다.

큰댁은 애기를 업고 있다.

앞에는 먹을 것이 든 보따리가 두 개 놓여 있다.

전차가 흔들린다. 남편, 작은댁을 얼른 감싸 안는다. 큰댁은 앞으로 고꾸라질 뻔하다가 도로 앉는다.

남편 허어, 애기 업은 사람이 조심성이 없어. 남의 장손을 맡았으면 눈 똑바로 뜨고 앉아야지.

작은댁 형님! 이리 주셔요. 제가 업을게요.

남편 됐어. 제 아들 제가 간수해야지. (작은댁 얼굴을 보며) 저번 날 박하분 사다 준 거 발랐나?

작은댁 예.

남편 많이 발라야지. 통 이런 델 데리고 다니지 않으니까 촌스러워서 원……. 서울 여자들은 어떻게 하고 다니나 잘 보고 배워. 이따가 화신백화점 구경도 시켜 줄 테니.

전차가 선다.

남편 자, 내리세!

작은댁, 보따리를 들려고 하자 남편이 손을 끌며 내린다.

큰댁은 낑낑대며 보따리를 들고 내린다.

작은댁, 보따리를 받아 머리에 이려고 한다.

남편 허어, 김칫국물 떨어지면 어쩌려고. 어서 가자.

남편은 작은댁을 끌고 앞서 간다.

남편 (홱 돌아서서 큰댁한테) 잘 보면서 따라와. 잃어버리면 혼날 줄 알아!

작은댁 형님!

남편 쯧쯧. 밖에서는 형님이라고 마라. 영순이 어멈이라고 해!

큰댁, 보따리 하나는 머리에 이고 하나는 손에 들었다.

두 사람, 앞서서 걸어간다.

뒤뚱거리며 따라가는 큰댁.

남편은 지팡이로 이것저것 가리키며 이야기를 해 준다.

작은댁은 신기한 구경거리 때문에 큰댁이 따라오는 것을 잠시 잊는다.

큰댁 (업은 아기를 어르며) 진범아! 저거 봐! 우리 아들, 오늘 처음 기차 타고 전차 타고 했지?

남편 (소리 지르며) 얼른 못 와!

남편과 일행 창경원으로 들어간다.

남편은 벚나무 밑에 서서 지팡이로 자리를 깔 곳을 가리킨다.

큰댁, 낑낑대며 자리를 꺼낸다.

남편, 자리 가운데 터억 버티고 앉는다.

큰댁, 물병에서 물을 따라 작은댁한테 준다.

작은댁, 물그릇을 남편한테 준다.

남편, 크윽 소리를 내며 마신다.

벚꽃 잎이 세 사람 머리 위로 떨어진다.

남편, 일어난다.

남편 내 한 바퀴 돌아보고 올 테니까 앉아 있어.

남편, 바람처럼 걸어간다.

큰댁, 아이를 자리에 누인다.

작은댁은 도시락을 가져다 상을 차린다.

작은댁 거 봐요, 형님! 안 간다고 했잖아요. 진범 아버지가 저렇게 나올 줄 모르셨어요?

큰댁 어때, 이 틈에 하루 나들이하고 좋지. 진범이도 바깥바람 쐬어 보고.

작은댁 형님 앞에선 더 그러셔.

큰댁 당신도 딱하지 뭐야. 여편네가 둘이니 하나만 데려갈 수도 없고, 데려와 노니 좋을 게 뭐 있나.

작은댁 그러길래…… 형님! 진범이 젖 그만 줘도 되니까…….

큰댁 (소리를 죽이며) 글쎄 누가 모르나. 이 양반이 눈치가 뻔해서 요즘은 내 손에 동전 한 닢 남겨 주질 않아. 사람을 내보내도 뭐가 있어야 보내지. 아들만 달랑 빼앗고 맨몸을 떠다미나?

작은댁 땅문서 주셨잖아요.

큰댁 그거야 자네 시댁에 들어갔잖아. 제발 아무 소리 말고 꾹 참게.

내 얼마만이라도 요령을 부려서 자네 몫을 챙겨 줄 테니까.

작은댁 어느 세월에요. 형님이 가운데 끼어서 고생하시는 것도 싫구요. 영감 추근대는 것도 징그럽구요. 몸에서 나는 담배 냄새도 역겹구요.

큰댁 싫을 때가 좋을 때야.

작은댁 형님! 진범이는 왜 호적에 안 올리나요?

큰댁 일본 이름으로 올리래잖아. 장손 이름을 그렇게 할 수 있나. 학교 갈 때까지 기다려 볼 수밖에. (김밥을 건네주며) 이것 좀 먹어. 젖 먹이는 사람은 쉬 배가 고프니까.

작은댁 놔두셔요. 또 큰소리 나요. 남편이 수저를 들기 전에 계집이 어쩌구저쩌구…… 그놈의 계집, 계집……. 타박을 해도 그때그때 마땅한 까닭을 대는 것이 아니고, 무조건 계집이라서 나쁘다고 하시니…….

큰댁 맞는 소리지 뭐. 나를 봐. 남의 집 장손 며느리로 들어와서 아들 못 낳으니 이 꼴이 뭔가? 계집이 아니었으면 만주로 어디로 돌아다니면서 독립군이 되든가 장사치가 되든가 했지.

작은댁 형님! 진범 아버지 기분 살펴서 내가 말할래요.

큰댁 (한숨을 쉬며) 어쩔 거나, 내 힘이 부치는 일이니.

작은댁 꼭 할래요. 나중은 나중이고 당장 견딜 수가 없어요. 아들 하나 더 낳으라고 성화를 부리니…… (진저리치며) 끔찍해서.

큰댁 진범이한텐 정 안 가?

작은댁 나는요, 조춘이 떼어 놓고 여기서 오 년이나 산 독한 에미예요. 형님! 절에 들어갈래요. 글자 한 자 모르는 까막눈이 장사를 하겠어요, 혼자서 농사를 짓겠어요. 절에 들어가서 공양주 보살이나 할래요. 자식들 잘되라고 불공이나 드리구요.

남편, 돌아온다.

두 여자, 얼른 일어나 자리를 내준다.

남편, 큰 알사탕을 던진다.

남편 (큰댁한테) 꼭꼭 씹어서 진범이 먹여.

큰댁 예.

남편 시장하다. 밥 먹자.

두 여자, 부지런히 상을 차린다.

맛있는 도시락을 포개서 차린다.

큰댁은 맨밥과 숟가락을 들고 자리 끝으로 가서 앉는다.

작은댁, 민망해서 큰댁을 돌아본다.

남편, 기침을 한다.

작은댁, 얼른 젓가락을 남편 손에 쥐어 준다.

작은댁, 자신은 먹지 못하고 남편 먹는 시중을 든다.

남편 굴비 남았었나?

작은댁 예.

남편 자네도 들어.

작은댁 예.

작은댁, 굴비를 뜯어 입에 넣어 준다.

작은댁, 술을 따라 준다.

남편 닭 잡는 것을 봤는데?

작은댁 (닭다리를 뜯어 입에 넣어 주며) 백숙을 좋아하셔서 푸욱 고았습니다.

작은댁, 고기를 더 뜯어서 넣어 주려고 한다.

남편 됐다. 술이나 먹겠다. (큰댁한테) 어이! (작은댁을 가리키며) 이 사람 혼자 먹으면 많이 못 먹으니, 가져다 먹어.

큰댁 저는 무나물에 무쳐서 먹으면 됩니다.

남편 허어! 남편이 뭐라고 하면 예, 못하나?

큰댁 (찔끔하여) 예!

두 여자, 밥 자리를 약간 옮기고 먹는다.

남편 담배 어딨는가?

작은댁, 벗어 놓은 겉저고리 주머니를 뒤져 담배를 가져다 불붙여 준다.
봄바람이 불며 벚꽃 잎들이 휘날린다.

남편 (기침을 하며) 코피를 타라고 일렀는데…….

작은댁, 얼른 일어나 작은 도자기 호리병에 담겨 있는 커피를 따라서 가져다준다.

남편 신발 좀 벗겨라.

작은댁, 신발을 벗겨 준다.

남편 영순 어미, 뭐 해? 진범이 안 보고 밥만 처먹어?

큰댁 (얼른 숟가락을 놓고) 다 먹었습니다.

남편 입도 큰 년이 왜 애는 못 낳누……. (술을 마시고) 내 유성기판에서 들은 소리 한다. (헛기침을 늘어지게 하고) 황성 옛터에 밤이 오니 월색만 고요해, 폐허에 어린 세월을 말하여 주노라, 아아 그립다 이내 몸은…….

남편, 작은댁한테 다가가 손을 잡고 춤을 추는 흉내를 낸다.
작은댁, 손을 빼려 하면서도 강하게 거절을 못한다.
남편, 작은댁을 껴안고 입을 맞추려고 한다.

작은댁 지나가다 누가 봅니다.

남편 괜찮아, 괜찮다니까.

남편은 막무가내로 껴안고 입술을 얼굴로 비빈다.

작은댁, 싫다는 소리를 내며 피하려고 애쓴다.

작은댁 형님! 형님!

남편 (소리 지르며, 큰댁한테) 어여 애 업고 벌떡 일어나! 귀경거리가 얼마나 많은데 앉아 있어!

큰댁 당신이 자꾸 그러시니까 저 사람이 집 나간다고 하는 거예요.

남편 집을 나가?

큰댁 예.

남편 누가? 자네가?

작은댁 형님이 왜요? 제가 나가요.

남편 어디로? 갈 데가 어딨어?

작은댁 절이라도 들어가면…….

큰댁 당신이 살 만큼 살림 장만을 해 주시면…….

남편 (작은댁한테) 너희 형님이 뭐래? 두 집 살림 하라고? 나더러? 허어! 아들 못 낳아서 쫓겨날 팔자를 조강지처라 데리고 살았더니, 질투를 해!

작은댁 영감님! (무릎을 꿇고) 이제 아들도 낳아 드렸으니 제 할 도리는 다 했습니다. 집에서 나가게 해 주세요.

남편 아들 낳게 해 달라고 산으로 절로 기도 다니더니만, 어떤 놈이냐? 이번엔 중놈하고 붙었냐?

작은댁 아이구 망측한 말씀을……. 진범이 듣습니다.

남편 (큰댁한테) 그러기에 내가 뭐라고 했냐? 처녀로 데려오라고 했지? 이놈 저놈 맛본 년은 몸이 더러워 장손 자리 볼 피가 아니라고 했지?

남편, 지팡이를 쥐고 부르르 떤다.

큰댁 참으세요. 놀이 나왔다 이러시면 큰 망신입니다.

남편, 지팡이로 벚나무를 화가 풀릴 때까지 후려친다.
벚꽃 잎이 후두두둑 떨어진다.
큰댁과 작은댁은 꼭 붙어 서서 무서워 벌벌 떤다.
남편, 홱 돌아선다.

남편 행여 작은년이 집 나가면 큰년 너도 쫓겨날 테니 각오해. 아들이 없어도 족보에 오른 년이라 끼고 살았더니, 감히 남자들 하는 일에 콩 놔라 팥 놔라 참견질이야! 너희 둘! 아무 소리 말고 살아! 내 아들 하나 더 볼 테니.

작은댁 (무릎을 꿇고) 나으리! 어르신네!

남편 (작은댁한테) 어디 니 마음대로 해 봐! 도둑년으로 몰아서 콩

밥 먹여 줄 테니까. 밤말의 땅문서 훔쳐서 도망간 년으로 만들 테니까. 일본 놈 세상에 너 같은 년 감옥 보내기는 누워서 떡 먹기다.

작은댁 그러면요, 어르신네! 저기 형님 방에도 좀 가서 주무시구요…….

큰댁 (다급하게) 아닙니다. 절대 아닙니다.

남편 (어이없어서) 흥, 흥! 밤이 외로워?

큰댁 (울음 섞인 목소리로) 아니에요. 진범이 끼고 자니까 아무것도 몰라요.

남편 (지팡이를 들고) 어디서 여자가 내놓고 남자 품을 찾아! 이러구도 가정집 아낙이냐?

큰댁 억울합니다.

작은댁 나으리! 우리 두 여자 살려 주세요.

남편은 화가 나서 어쩔 줄 모른다.
지팡이로 자리를 훌떡 뒤집어 버린다.

남편 다 치워! 입맛 싹 가셨다!

두 여자, 부지런히 자리를 치운다.

남편 (작은댁의 궁둥이를 지팡이로 툭툭 치며) 어떤 놈 좋으라고 이

걸 내보내! 너희 두 년 계속 앙탈을 부리면, 내 한 방에서 양옆에 끼고 잘 테다!

두 여자, 놀라며 아연실색한다.

남편 망할 년들! 감히 어디다 대고…….

제4장

샘에서 오는 길, 46년 이른 봄

새벽안개가 잔뜩 끼었다.

깡마르고 남루한 옷을 입은 사내가 서 있다. 추운지 몸을 웅크리고 있다.

작은댁, 동이에 물을 담아서 이고 온다. 임신 중이라 배가 불러서 천천히 걷는다. 무심코 걸어오다 웬 남자가 서 있으니까 옆으로 돌아서 걷는다.

지나친다. 몇 발자국 걷다가 흠칫 멈춰 선다.

작은댁, 뻣뻣하게 서서 사내만 바라본다.

사내, 다가온다.

사내, 다리를 전다.

작은댁 (혼잣말) 조춘 아버지…….

사내, 동이를 내려 준다.

작은댁, 어쩔 줄 모른다.

그러다 물을 떠서 바가지를 내민다.

사내, 받아서 마신다.

작은댁 다리를 다치셨나 봐요.

조춘 아버지 조금. 발목까지 잘랐소.

작은댁, 조춘 아버지의 발목을 잡는다.

조춘 아버지, 움찔하며 다리를 뺀다.

작은댁도 놀라며 일어선다.

작은댁 언제 오셨어요?

조춘 아버지 해방되고 바로 왔어요. 김구 선생보다 일찍 들어왔소.

작은댁 뵐 낯이 없어요.

조춘 아버지 그런 말 말아요. 당신 얼굴을 어떻게 보나 망설이다 이제야 왔소. 용서하시오.

작은댁 철이 없어서…… 스물셋에 다른 이 같으면 사리 분별을 할 나인데…… 아이 하나 낳아 주고 돌아와도 되는 줄 알고…….
이런 바보가 또 어디 있어요.

조춘 아버지 우리 아이를 낳았다면서요?

작은댁 예. 조춘이.

조춘 아버지 몰랐소, 정말 몰랐소.

작은댁 조춘이를 만나 보셨어요?

조춘 아버지 아니요, 아직. 내 생각에 제 어미가 사정 얘기를 하고 난 뒤 만나야 순서가 아닐까 해서요.

작은댁 (눈물을 훔치며) 조춘이가 젤 딱해요.

조춘 아버지 가족한테 못할 짓만 했소. 광복군이 될 거였으면 장가나 들지 말걸. 만주에선 다리 다쳐 동지들에게 짐만 되고.

작은댁 당신이 그렇게 애쓰셨으니까 우리가 다시 만났죠. 일본이 물러가고.

조춘 아버지 애쓰긴요. 나는 별로 큰일도 못했어요. 이동영 장군 부대에서 짐 나르는 수송병 하다가, 연해주 블라디보스톡…… 추운 겨울에 무장 해제를 당하고 본대를 찾아 헤매다 동상을 입었소. 그게 답니다.

작은댁 아니에요. 그게 다가 아녜요. 아들 낳으려고 남의 여자 돈 주고 사 오는 일보다 천배 백배 훌륭하세요.

조춘 아버지 조춘이는 애보기 하러 남의 집에 들어갔다면서요?

작은댁 예. 여기 김씨 집에서 구박한 건 없어요. 형님 딸 영순이는 학교를 가는데 저는 못 가니까 심술을 내고, 공책을 찢고 그래서요. 제가 보냈어요. 거기서 돈 벌면 보내 주려고.

조춘 아버지 조춘이한테 제 아버지 얘기 해 줬소?

작은댁 안 해 줘도 알아요. 자라면서 동네 사람들한테 귀동냥한 것도 있구요.

조춘 아버지 빨리 만나고 싶군요.

작은댁 오늘 아침 치우고 형님께 말씀드려 볼게요.

조춘 아버지 이제 조춘이는 내가 데려가서 키우겠소.

작은댁 예.

조춘 아버지 (속주머니를 뒤적이며) 당신이 그동안 우리 아버님 끼니 거르지 않게 보살펴 준 것하고, 몰래 돈하고 사람을 보내서 아버님 시신 거두어 준 것하고, 언제라도 기회가 오면 꼭 은혜를 갚으리다.

작은댁 장사 치르는 건 형님이 신경 쓰셨어요.

조춘 아버지 (땅문서를 내밀며) 이거, 김씨네 밭문서……. 이제 나도 돌아왔으니 설마 밥이야 굶겠소? 김씨 댁이 워낙 경우가 바른 양반이라 그럴 리야 없겠지만, 혹시라도 어려운 일을 당하면 도움이 될 겁니다.

작은댁 아니에요. 이건 박씨 댁으로 간 문서예요. 이제 토지개혁을 해서 땅을 나눠 주는 세상이 온다는데, 남의 것도 그냥 받는다는데, 이건 제가 시댁 어른들에게 못다 한 사람 도리를 갚는다고 드린 거예요.

조춘 아버지 우리가 당신한테 못할 짓 시킨 거요. 이건 당신 겁니다. 받아요.

작은댁 (거절하며) 난 됐어요. 멀쩡한 서방 버리고 팔자 고쳐 간 년이 무슨 사람이라구. 당신 새로 장가가려면, 처녀를 데리고 오려면, 가진 게 있어야 합니다. 다리도 성치 않구요.

조춘 아버지 이거 받지 않으면 나 이 소사 바닥에서 얼굴 들고 못 삽니다. 서로 먼발치에서 바라보고 살기라도 하려면 어서 받아요.

작은댁 (원망하며) 이거 주려고 오셨어요?

조춘 아버지 어서 받고 용서해 주시오.

작은댁, 주위를 두리번거린다.

미루나무 앞으로 간다.

작은댁 (땅을 파며) 여기다 간직할래요. 이 문서는 우리 조춘이 몫으로다…….

사내, 땅문서를 건넨다.

가지고 온 초 칠한 봉투도 건넨다.

작은댁, 봉투에 문서를 넣고 묻는다.

조춘 아버지 곧 낳겠구려.

작은댁 (영문을 모르고) 예? (자기 배를 내려다보고 나서) 예, 두 달 남았어요.

조춘 아버지 집에서 찾으러 나오겠소. 그만 들어가 보시오.

작은댁 아닙니다. 먼저 가세요.

조춘 아버지 (하늘을 보며) 일본 놈 세상에선 아내와 딸을 지키지 못하고, 남의 손에 해방이 되고 보니 아무것도 도로 찾을 수가 없구려. (뚜벅뚜벅 걸으며) 나 갑니다!

작은댁 저기, 여보!

사내, 돌아본다.

작은댁 얼른 장가가세요.

조춘 아버지 (혼잣말) 착한 사람!

사내, 절뚝이며 뛰어간다.

작은댁, 그 자리에 털썩 주저앉는다.

작은댁 여보! 배 속에 이것만 들어 있지 않아도 날 데려가려고 왔지요? 날 끌고 가려고 왔지요? 여보! (배를 안고 뒹굴며) 이것만 들어 있지 않아도…….

작은댁, 땅이 꺼져라 서럽게 운다.

제5장

묘지가 듬성듬성 있는 야산 언덕, 51년 초

밤새 서리가 내려앉은 언덕배기 한 구석이다.

작은댁이 진범이 동생 정순이를 업고 괭이를 들고 구덩이를 판다.

가운데 긴 네모꼴로 팠다.

작은댁은 옷소매로 눈물을 닦아 가며 괭이로 흙덩이를 부순다.

새벽녘이라 주위가 발그스레하다.

구덩이 판 뒤쪽에는 연합군용 레이션 박스가 두 개 정도 놓여 있다.

그 앞에는 가마니에 쌓은 큰댁의 시체가 누워 있다.

작은댁 형님! (꺼이꺼이 운다.) 형님!

작은댁, 시체 앞으로 가서 엎어지며 운다.

귀분네 (소리만) 정순 어매! 어디야?

작은댁 여기예요!

귀분네 아무리 전쟁판이래도 횟가루를 섞어서 묻어야지. (그릇을 들고 건네며) 이거 좀 들고 해. 술지게미 좀 얻어 왔네. (화를 내며) 어여, 한술 떠! 기운 내야 애 젖 먹이고 진범이 걸려서 집으로 돌아가지.

작은댁 어딜 가요? 못 가요.

귀분네 가건 못 가건 나중 일이고 어여 먹어. 먹으라니까.

귀분네, 몇 숟가락 강제로 먹인다.

작은댁, 오물오물 씹고 있다.

귀분네 쌀은 못 구해 오고, 벼 낟알하고 동전 몇 닢 얻어 왔어. 염은 제대로 못해 드려도 해 볼 대로 해 봐야지. (한숨을 쉬며) 천안서 소사 사람들 다 놓치고…… 대전이나 충주쯤에다 약속을 하지. 충주가 어디야?

작은댁 형님은 통영이라고 하셨어요.

귀분네, 숟가락을 작은댁한테 쥐어 준다.

작은댁, 한숨을 쉬며 그릇 바닥을 긁는다.

작은댁 귀분네는요? 드셨어요?

귀분네 그럼. (레이션 박스를 가리키며) 저건 뭐야? 사람이 죽었다고 갖다 줬어?

작은댁 그런가 봐요.

귀분네 형님도 참, 거기가 어디라고 들어가셨어? 진범이 며칠 굶었다고 죽기야 하겠어. 귀한 장손 죽게 생겼다고…… 천막 부대가 얼마나 무서운 덴지 몰랐단 말야?

작은댁 미국 사람들은 깨끗이 안 먹는다구요, 먹다 버린 거 주워 오신다구…….

작은댁, 참았던 울음을 터뜨린다.

귀분네 떠나올 때 남자들처럼 보이게 쪽머리 자르라고 안 했어? 말을 안 듣더니만 그예…….

귀분네, 삼태기에서 횟가루를 쏟는다.

흙과 횟가루를 섞는다.

귀분네 (일을 하며) 형님! 그런 일 당했다고 뭐하러 목을 매요? 우리만 입 다물면 되지.

애기가 운다.

작은댁, 애를 돌려 앉아 젖을 물린다.

귀분네, 괭이를 땅에 꽂고 쌀 그릇을 가져다 시체 옆에 앉는다.

귀분네 (염을 하며) 어찌 간대요. 금쪽처럼 귀한 자식 진범이를 두고 어찌 간대요! 이 차가운 바닥에, 낯설고 물 설은 타향 땅에 형님을 두고 어찌 간대요!

작은댁 형님!

귀분네 약대에 살던 이야꼬 봐요. 일본 놈 첩 살다가도 씻은 듯이 잘 살던데……. 미국 군인들이면 어때요. 하나면 더 낫고 여럿이면 죽어야 합니까? 세상에 흠 잡힐 일 하나 없이 살던 양반인데……. 아이구우! 난리가 사람 잡네! 사람 잡어, 형님! 어찌 눈을 감으슈! 야속한 사람! 매정한 사람!

작은댁 내가 죽어야 하는데…… 죽을 년은 여기 있는데…… 모진 것은 살아 있구…….

귀분네 이리 와! 얼른 하자. 진범이 혼자 뒀는데…….

둘, 낑낑대며 시체를 구덩이 안에 넣는다.

작은댁, 구덩이 안을 넋 빠지게 바라본다.

귀분네 떠나보내 드려. 작별 인사 해!

작은댁 (절을 하려다) 진범이 데려와야겠어요. 상주 노릇을 해야 하는데…….

귀분네 왜 이래? 즈이 아버지한테 본 대로 얘기하라구? 정 섭섭하면 내일 이리로 지나가면서 인사시켜.

귀분네, 먼저 절을 한다.

작은댁, 따라 한다.

귀분네 아무 소리 말고 시키는 대로 해. 천안서 비행기 폭격 맞을 때, 그때 잊어버렸다구.

작은댁 난리 끝나면 형님 고향으로 모셔야죠.

귀분네 글쎄 통영서 만나면 그렇게 하라니까. 난리야 우리 맘대로 끝나는 게 아니잖아. 십 년이 갈지 이십 년이 갈지……. 자, 흙 떠 넣어.

작은댁 지가 먼저 할래요.

작은댁, 횟가루 섞은 흙을 괭이로 뿌린다.

작은댁 형님은 나한텐 돌아가신 어머니여요. 조춘이 아버지 만났다고 죽도록 맞고 애가 죽어 나올 때 혀 깨물고 죽으려고 했는데, 형님이 따라 죽으신다고 펄펄 뛰셔서 목숨 이어 갔는데…….

귀분네 그러게 말야. 무슨 본처가 여동생 다루듯이 얼러 주시냔 말야. 어여 내려가 밟아 드려. 달구질은 못하더라도 단단히는 막아야지.

작은댁, 구덩이로 내려가 단단히 밟는다.

작은댁, 울다가 웃다가 한다.

작은댁 내가 가야 하는데…… 아들도 낳아 드렸겠다, 몸 더러운 년이 나서야 하는데…….

귀분네 (야단치며) 쓸데없는 소리! 형님이 어떻게 가셨다고 소사에 말이 쫘악 퍼져 봐. 영순이 국민학교 선생 된다고 저러는데 취직이 되겠어? 시집갈 수 있겠냐구? 잊어. 이 시간 이후로 싹 잊어. 알았지?

작은댁 (울면서) 전쟁아 전쟁아 사람 망치는 전쟁아. 나라야 나라야 여자들 울리는 나라야. 신세야 신세야 첩살이 종살이 내 신세야. 형님아 형님아 살아도 죽은 몸이던 우리 형님아. 가소 가소 얼른 가소 한 많은 세상 훌쩍 버리고 손 털고 발 털고 후딱 가소. 어여 가소 어여 가 바삐 가소 바삐 가…….

귀분네, 구덩이로 들어가서 작은댁을 밀어낸다.

작은댁, 밖으로 나온다.

귀분네 내려가. 내가 다 할 테니. 애 감기 들겠어. 진범이 뭣 좀 먹여야지.

귀분네, 레이션 박스를 머리에 이어 준다.

귀분네 이거 뜯어서 고기 깡통 열어 장손 주고, 강화에서 왔다는 할머니도 드려. 행여 미군 부대에서 또 나오면 모른다고 그래. 상관없는 사람이라고. 피란도 못 가게 붙잡으면 어떡해.

귀분네, 작은댁을 떠민다.

작은댁, 몇 발자국 가다가 선다.

작은댁 (분통을 터뜨리며) 내 꼴을 봐요, 형님! 내 꼴을! 이 잘난 년 먹을 것 이고 가는 꼴을 좀 봐요!

작은댁, 레이션 박스를 머리에 이고 한없이 눈물을 흘린다.

제6장

읍사무소 마당, 60년 가을

밤이다.

읍에서 동네 사람들한테 영화를 틀어 준다고 해서 모여 있다.

귀분네가 궁둥이를 들썩이며 하얀 막을 쳐다보고 앉았다.

작은댁이 머리 수건을 묘하게 쓰고 들어온다.

귀분네, 먼저 알아보고 손을 흔든다.

귀분네 정순 어매! 여기야! 이리 와!

작은댁, 다가와 앉는다.

귀분네 (머릿수건을 만지며) 밤중에 웬 멋이야?

작은댁, 수건을 꽉 잡는다.

작은댁, 입술이 조금 찢어지고 눈두덩이가 시퍼렇다.

귀분네 또 맞았어?

작은댁 이 재미난 귀경을 하려면 이 정도는 맞아야지 않겠어요?

작은댁, 실실 웃는다.

귀분네 속도 좋으이. 또 그 타령 하면서?

작은댁 예. 나 때문에 형님이 어디 멀리 가서 숨어 버렸네, 아들 하나 더 낳으랬더니 이년이 정순이 낳고 어디 가서 독한 약을 처먹었네…….

귀분네 미친놈의 영감. 질리지도 않나. 그 소리는 안 해? 새장가 든다고.

작은댁 왜요? 큰년처럼 어디 가서 처녀 하나 구해 오라시죠.

귀분네 속 탄다, 속 타. 형님 얘기 하긴 해야 하는데…… 형님 제삿밥 좀 떳떳이 드셔 보시게. 진범이가 제사를 모셔야 귀신도 한이 풀릴 텐데…….

작은댁 보통 무서운 사람이라야 말을 꺼내 보죠.

귀분네, 지나다니는 처녀를 유심히 본다.

귀분네 이것 봐, 자네 딸 아냐?

작은댁 누구요? 조춘이요? 어디?

작은댁, 귀분네가 가리키는 쪽을 본다. 얼굴이 굳는다.

귀분네 누굴 찾나 보네……. 혹시 자네 찾는 거 아니야?

작은댁 아니에요. 몇 년째 안 봤어요. 나를 찾을 일이 어딨겠어요. 남남인데…….

귀분네 아냐. 정순이 붙들고 물어보잖아. 온다! 온다! 얼른 데리고 다른 데로 가. 진범이 아버지 보면 또 타작감이다.

작은댁, 당황하며 일어선다.

조춘이, 작은댁을 발견하고 다가온다.

작은댁, 조춘이를 잠깐 마주 보다가 앞서서 종종걸음 한다.

조춘이, 따라간다.

어디만큼 가서 돌아선다.

가을밤 벌레 소리가 은은하다.

조춘이, 팔짱을 끼고 서 있다.

작은댁 (스웨터를 벗어 주며) 춥니?

조춘이 (뿌리치며) 됐어요.

작은댁 (멋쩍어 하며) 집에 다니러 왔니? 가회동에 식모 살러 갔었잖아?

조춘이 아직도 때려요, 그 아저씨는?

작은댁 그게 아니고, 다쳤어.

마당에서 영화를 틀었는지 빛이 환해진다.

영화 소리가 간간이 들린다.

조춘이 저 결혼해요.

작은댁 벌써? 아니다. 올 스물여섯이니 늦었지. 그래, 어떤 사람하고? 직장은 다니니? 가족은 있구?

조춘이 다리를 절어요. 절름발이에요.

작은댁 왜? 왜 하필 험 있는 사람하고…….

조춘이 험은 내가 더 많아요. 아버지도 다리를 저시구요. 추석 지나면 식 올릴 거예요. 아버지가 오시겠냐고 물어보래요.

작은댁 새로 살림 차린 어머니는 어떡하구?

조춘이 그 여자는 집 나간 지 오래됐어요. 아버지 벌이가 시원찮으니까…….

작은댁 시댁에서는 알아? 나를 알아?

조춘이 어머니 호적이 아직 우리 집에 있잖아요.

작은댁 내 호적…….

조춘이 왜 이혼 수속을 안 하셨어요?

작은댁 그건…… 그건 니 외삼촌들이 챙피하다고 하셔서…… 한 번 나간 호적을 다시 받느냐면서…….

조춘이 김씨 집으로 가져가면 되잖아요.

작은댁 여긴 형님이 계시니까…… 네 아버지가 별 말씀이 없으시구…….

조춘이 아버지가 그러셨어요. 아무리 섭섭한 어머니래도 자식이 결혼하는 걸 모르면 안 된다구요. 오시겠어요?

작은댁, 대답을 못한다.

조춘이 오신다면 따로 준비할 것이 있어서 그래요. (작은댁을 흘깃 보고) 못 오시는 것으로 알겠어요.

작은댁 혼수는 어떻게 해 가니?

조춘이 식모살이 십 년 넘게 했어요. 염려 마세요.

작은댁 (무슨 생각이 나서) 아냐. 이리 와라! 이리 와! 따라와!

작은댁, 급하게 걸어간다.

조춘이, 어리둥절하다가 따라간다.

작은댁, 뛰어간다. 영화 소리 점점 멀어진다.

작은댁, 손에 호미를 들고 미루나무 밑으로 간다.

나무 밑을 판다. 종이 봉지를 꺼낸다.

봉지 속에서 땅문서를 꺼낸다.

작은댁, 문서를 조춘이한테 준다.

작은댁 이거 밤말 밭문서야. 왜 네 오촌 아저씨가 농사짓잖아. 이거 가지고 가.

조춘이 내가 왜요?

작은댁 네 할아버지가 돌아가시기 전에 주신 거야. 아버지는 여기 없었구. 너 크거든 물려주라고…….

조춘이 나도 다 알아요! 이거 어머니 이름으로 해 두세요.

작은댁 (문서를 건네며) 여자가 무슨 재산이냐, 아들 있으면 됐지.

조춘이 (문서를 던지며) 그럼 가져가서 진범이 주세요.

작은댁 아니다. 아니야. 그런 뜻이 아닌데…….

조춘이 이리 주세요.

조춘이, 문서를 받는다.

자기 가슴에 품는다.

다시 꺼내서 작은댁 손에 쥐어 준다.

조춘이 마련해 주신 혼수 잘 받았어요. 마음으로 받을게요.

작은댁 똑 부러지기는…… 아버지를 닮아서…….

조춘이 왜 영순이 어머니 돌아가신 건 숨기고 계세요?

작은댁 (놀라며) 뭐야? 어떻게 알았냐? 어떻게?

조춘이 구지리 아저씨한테 들었어요. 아버지가 내 호적 때문에 고민하시니까, 사실을 알려 주면서 어머니를 김씨 댁에 보낼 수 있다고…….

작은댁 그이가? 모르는 줄 알았는데…… 그 사건이 난 다음 며칠 있다 찾아오셨는데…….

조춘이 왜 바로 말하지 않았어요? 왜 그렇게 미련하세요?

작은댁 넌 모른다. 니 아버지 살림 차리기 전이라…… 진범 아버지가 그리로 가라고 내쫓으면 어째? 여긴 아들이 있고, 늙어서 의지할 수도 있고.

조춘이 나는요? 자식이 아니에요?

작은댁 딸이 뭐냐? 나 같은 여자 아니냐? 나 시집온 다음, 팔자 고친 다음 사람 노릇 못해 봤다. 딸이 뭐냐? 한 번 호적 파냈으면 다시 못 돌아온다고 우겨서 이 꼴이 됐는데. 너한테 못할 짓을 하는데…….

작은댁, 가슴을 땅땅 친다.

조춘, 고개를 숙이고 입술을 깨문다.

조춘이 따지거나 괴롭히지 말자고 결심하고 왔는데…… 죄송해요. (가방에서 편지지와 연필 몇 자루 꺼낸다.) 이거 받으세요. 요새 한글 배우러 다니신다면서요?

작은댁 편지지구나.

조춘이 주인집 고등학생 딸한테 한글 배웠어요. 우리 편지해요. 서로 만나기 힘드니까 어머니 생각이 많이 났어요. 편지 쓰면 서로 속도 알게 되고…… 가끔 만나도 남 같지 않을 거고…….

작은댁 (민망해서) 아직은 못 써. (고맙게 받는다.) 빨리 배워서 꼭 쓸게.

조춘이 어머니는 함 받을 때 못 오실 테니까, 혼전에 마지막일지도 모르니까 큰절 올리고 오랬어요.

작은댁 아버지가?

조춘이 이런 데서 인사를 드려서 죄송합니다.

작은댁 괜찮아. 괜찮아. 나 갈게. 너 잘 살면 돼. 무슨 낯으로…….

작은댁, 도망가려 한다.

조춘이, 작은댁을 붙잡아 앉힌다.

보름 달빛이 잔잔하다.

작은댁, 옷소매로 눈을 훔친다.

조춘이, 큰절을 한다.

조춘이 (앉아서) 언젠가 사위, 손주 절을 받으실 때가 있겠죠. 어머니! 그 사람 다리만 절었지 목욕탕 주인이에요. 성실하고 착한 사람이에요.

작은댁 (울먹이며) 다리를 절면 어떠냐. 마음을 절지 않으면 된다. 마음 병신이 더 나빠!

둘, 꽉 끌어안는다.

제7장

절 마당. 73년 가을

아름드리나무들이 서 있는 절 앞마당이다.

뒤쪽으로 절에 올라가는 돌계단이 있다.

입구에는 석등 하나가 외롭게 서 있다.

절 마당을 빗자루로 쓰는 작은댁.

작은댁은 쪽머리를 자르고 짧은 머리로 바꿨다.

다리를 절며 마당을 쓰는 작은댁. 걸음걸이가 성하지 않다.

귀분네가 할머니가 다 되어 절로 올라온다.

귀분네도 쪽머리를 잘랐다.

숨을 헉헉 몰아쉬는 귀분네.

작은댁이 먼저 알아보고 달려온다.

작은댁 여기까지 어떻게 오셨대요? 이 먼 데까지.

귀분네 쯧쯧쯧! 집 나간 지 한 달이 넘었는데 아직도 몸이 그 모양이야? 소사에선 당신이 집 나가서 죽었다고 소문이 돌았어. 그렇게 얻어맞고 살았겠냐구.

작은댁 다 나았어요.

귀분네 망할 놈의 영감! 그러니 죄 안 받어? 풍 맞고 쓰러졌어.

작은댁 풍이요? 언제?

귀분네 자네 죽인다고 원두막으로 대붓둑으로 칼을 들고 뛰어다니다가 핏줄이 터졌대야. 아이구 잘 도망쳤지. 안 그랬으면 꼼짝 못하고 죽었어.

작은댁 정말? 진범이 욕볼 뻔했네.

귀분네, 무슨 소리냐고 쳐다본다.

작은댁 살인자 아버지를 두면 어째요? 손주들 앞날도 그렇고.

귀분네 자넨 아들만 걱정인가? 자기 죽는 건 뒷전이고.

작은댁 귀분네는…… 죽는 게 무서워 도망쳤잖수.

귀분네 아이, 나 물 좀 줘. 땀 흘리며 걸었더니 목이 타네.

작은댁, 바위틈으로 내려오는 물을 떠다 준다.

귀분네 왜 그 말은 불쑥 했어? 큰댁 얘기는 내가 한다고 했잖아. 매를 맞아도 내가 맞겠다구. 그렇게 말렸는데도 왜?

작은댁 (웃으며) 왜 고시 붙어서 외교관 하는 승택이 알우? 진범이 친구.

귀분네 응, 알지. 노냥 함께 공부했잖아.

작은댁 둘이 사랑에서 술을 먹는데 진범이가 주정을 하더라구요. 육이오 때 행방불명된 사람이 있어서 시험에 떨어졌다구요. 애저녁에 공무원은 안 되는 거라지 뭐예요.

귀분네 행방불명이 뭐야?

작은댁 큰형님이 사라진 거지 뭐예요.

귀분네 그러면 시험에 걸려?

작은댁 그렇대요. 외국에도 못 나가구요. 사업하려면 나가야 하는데…….

귀분네 사업에도 지장 있대?

작은댁 손주들 앞길도 문제고…….

귀분네 아이고, 당분간 외국 나갈 일 없네요, 당신 집은.

작은댁 왜요? 무슨 일 있어요?

귀분네 부도 수표를 냈다고 잘못하면 감옥에 가나 봐.

작은댁 부도 수표가 뭐유?

귀분네 돈 쓰고 빚 안 갚는 거래. 남의 돈 떼어먹는 거래.

작은댁 돈 길이 막혔대요?

귀분네 하여튼 진범이 밤도깨비 됐어. 도망 다녀.

작은댁 돈 있으면 괜찮나?

귀분네 그럴 테지.

작은댁, 골똘히 생각한다.

작은댁 아이구, 참! 시장하실 텐데 올라가세요. 얼른 상 차려 내올게요.

작은댁, 귀분네를 계단 쪽으로 모시고 간다.

작은댁 그럼 영감은 지금 어딨어요?

귀분네 진범이 처가 맡았어. 똥오줌 치우고 살아 주면 뭐가 나올까 해서. 당신네 집 근처만 가도 송장 썩는 내가 나요.

작은댁 영감이 집문서 안 내놔요?

귀분네 어딨는 줄 알아야 꺼내 가지. 자넨 알아?

작은댁 짐작 가는 덴 있어요.

작은댁, 계단을 오르려 하다가 허리를 잡고 어쩔 줄 몰라 하며 가만히 서 있는다.

귀분네 그놈의 영감, 뼈 마디마디 다 분질러 놨구먼. 이 사람아! 자넨 쉰이고 그 인간은 일흔이여. 그걸 하나 꺾지 못해? 도망가든가 막아 내든가. 어이구 어이구 미련퉁아!

귀분네, 작은댁의 등을 탁탁 친다.

작은댁, 아프다고 소리를 지른다.

작은댁 얼른 가요. 부지런히 드시고 가야 해 지기 전에 들어가지.

귀분네 괜찮아. 오늘은 여기서 묵고 새벽 예불 올리고 내일 간다고 했어.

작은댁 우리 진범이는 어쩌구요?

귀분네 간다구? 집에? 관둬! 정 급하면 아버지 집 팔아먹으면 돼.

일생을 별러서 나온 집을 왜 들어가? 아들 하나 낳아 주고 나오기까지 삼십 년이 걸렸네.

작은댁 내 땅 있잖수.

귀분네 그래 안해도 진범이가 묻대. 어머니 땅문서 조춘이 줬냐구.

작은댁 세상에…… 진범이가 오죽 급하면 그런 말을 다 해. 잔꾀라곤 못 부리는 애가.

귀분네 뭐하러 땅 있는 거 다 팔아 공장을 지셨어. 좀 남기고 주지.

작은댁 영감이 며느리 못살게 굴면 우리 진범이 구박받아요. 내가 막아야지.

귀분네 맞어. 진범이 처는 빚쟁이 등쌀에다 시아버지 유난벌떡한 성질 받으랴, 미친년이 사촌하자 하게 생겼구, 손주들은 학교를 가는지 뒷동산을 가는지 몰라.

작은댁 내가 가야 일단락 나지…….

귀분네 이 사람아! 종살이 그렇게 하면 집이 열 채요, 흥부처럼 매품을 팔면 논이 백 마지기야.

작은댁 (웃으며) 뭔 걱정이우. 영감이 풍이 들었으니까 때리지 못하잖아요.

귀분네 송장 치러 가?

작은댁 예. 내 입에 풀칠하자고 진범이 낳았잖수. 지가 아무려면 낳아 달라고 했겠수? 요즘 애들처럼 자식을 사랑으로 낳는 세월이 아니구. 아들 보자고 아무 여자나 들여서…… 그렇게 외교관이 하고 싶다고 했는데 결국…… 태어난 까닭대로 장손 노릇이나 하게 생겼잖아요. 걔 마음의 고통, 무슨 수로 씻어 주겠수? 한번 원 없이 안아 보지도 못하고 기른 자식이유. 내가 맡아야지. 그게 도리지.

귀분네, 도리가 없다는 표정을 짓는다.

작은댁 왜요? 바보 같수?

제8장

김씨 집 안방, 75년 여름

하얀 요 위에 모시 이불을 덮고 남편이 누웠다.
벽에는 TV 시청용 등받이 의자가 있다.
남편은 깔끔한 모습이다.
작은댁은 남편의 몸을 뒤척이며 일한다.

작은댁 아니 왜 가면 갈수록 더해요, 왜! (받침대에 걸린 꽹과리채를 들어 치며) 이건 심심할 때 치고 놀라고 갖다 논 줄 아세요. 소변이 마려우면 치란 말이에요, 이렇게. 몇 년째 이러구 아껴 두고……. 아유, 지린내야! 몸서리가 난다, 몸서리가 나!

남편 손모가지는 너 때리려구 아껴 둔다, 왜!

작은댁 장하슈!

남편 (꽹과리채를 흔들며) 나가 이년아! 조춘이 아버지하고 히히덕거리는 꼴을 보니까 안 나올 오줌도 좔좔 쏟아진다. 요년아! 요 요 깍쟁이 같은 년아!

작은댁 아니, 왜 욕은 하세요. 며느리 듣고 손주 듣는데.

남편 (채로 작은댁의 머리를 때리며) 이년아! 이 썩을 년이 남편 말하는데 꼬박꼬박 말대꾸야! 네 이년! 감히 대들어! 이 호랑말코 같은 년아!

작은댁, 머리를 맞고 아파서 감싸 쥐고 엎드린다.

남편 진범아! 에미야! (부르르 떨며) 진범아!

작은댁 이러다 또 넘어가겠네. 좀 가만히 계세요. 다 못 치웠잖수. 누가 좋아한다고 툭하면 애들을 부르세요?

남편 그러기에 왜 큰댁은 잡아먹고 들어와, 이년아! 빌어먹을 년아! 너나 가서 뒈지지 않고. 작은마누라는 열이고 백이고 갈 수 있지만 조강지처 큰마누라는 한번 죽으면 끝이야, 이년아! 재수 없는 년아!

작은댁 (자기 가슴을 치며) 어유! 어유! 욕아, 나와라! 제발 터져 나와! 나도 실컷 좀 퍼부어 보자.

남편 (채로 가슴을 때리며) 이년아! 바람도 피워 본 놈이 피우는 거야. 멀대 같은 년아!

작은댁 (가슴을 쓸어 쥐며) 아유, 아파! 그만 때려요. 그걸로 치면 얼마나 아픈 줄 아세요?

남편 아프라고 때리지 트림하라고 때리는 줄 알아!

작은댁 (남편의 허리를 쳐들며) 궁둥이 좀 치켜드세요. 웬 수박은 그렇게 자셔 가지고…… 한강이야, 한강. 아유, 내 팔자야!

남편 니년 팔자가 그렇게 드러우니 내가 노망이 안 나냐, 이년아!

남편, 다리 사이를 닦아 내는 작은댁의 궁둥이와 가슴을 채로 툭툭 건드린다.

작은댁 왜 이러세요? 예?

남편 드런 년! 아직 생각은 있어 가지고……. 자지 잡고 흔들지 마, 이년아! 해 줄 줄 알아?

작은댁 (어이없어서) 아니, 왜 늙어도 늙어도 그 생각뿐이세요. 당신이 개유?

남편 미친년! 개는 이년아 가끔 붙지. 나는 매일 열 번도 좋다, 이년아! 네 년 때문에 아들 볼려고 한 구멍만 판 청춘이 아깝다, 이년아!

작은댁 누가 다른 여자 들이지 말랬어요? 제발 내쫓아 달라고 사정했잖우?

남편 누구 좋으라고? 조춘이 아버지 좋으라고? 어떤 중놈 좋으라고? 에라, 이년아!

남편은 작은댁의 머리를 채로 톡 때린다.

작은댁, 머리를 감싸 쥐고 주저앉는다.

작은댁, 일어나서 남편을 의자 쪽으로 옮긴다.

남편 아이구, 사람 죽이네. 병신 남편이라고 밟아 죽이네. 동네 사람들! 이년이 쥐약 타 왔어요!

작은댁 조용히 하세요. 하도 때리니까 의자에 옮기는 거예요.

남편 그래? 고마워.

작은댁 (놀라며) 예?

남편 고맙다구. 너 아녔으면 내가 어디서 아들이 났겠냐? 김해 김씨 대를 어떻게 이었겠냐? 고맙네.

작은댁 나 아녀도 영감은 아들 얻었수. 큰형님 정성으로다.

남편 (채로 작은댁의 등을 탁 때리며) 이년아! 아들은 왜 하나밖에 못 낳아? 정순이 그년이 내 씨냐, 조춘 아버지 씨냐?

작은댁 뭐, 뭐요? 별 망측한 소릴 다…….

남편 이년이 어디서 눈을 부라리고 지랄이야. 일평생 궁둥이나 흔들어서 먹구산 년이.

작은댁 뭐? 이 손발로 뭐 했는데? 과수원 농사, 밭농사 누가 다 했어? 정순이 여고 때 홍수 났을 때, 우리 집 돼지들 다 누가 구했어? 내가 이 머리에서 꾀를 내 가지고 구했어. 도망 안 가고 돼지들 데리고 산으로 올라가서.

남편 (아무거나 집어 던지며) 이년이 반말을 찍찍 갈겨!

작은댁 진범이가 중학교 때 깡패 한다고, 당신이 나 때리는 거 보기 싫어서 막 나가겠다고 술 먹고 돌아다닐 때, 당신 어딨었어? 울릉도 집에서 계집 끼고 들어오지도 않았잖아. 진범이 이 가슴에 폭 싸안고 사람 만들었어. 이 가슴에서 정이 나와서 애를 고쳤어. 뭐 알어? 뭐 궁둥이를 어째?

남편 궁시렁거리지 마라, 이년아! 그 궁뎅이 아녔으면 보릿고개도 못 넘기고 황천길 갔다, 잡년아! 화냥년아! 여자란 것이 원래 사내들 애 낳아 주려고 사는 년들인데…… 뭐가 어째? 머리에서 꾀가 나와? 그렇게 잘난 년이 왜 평생 맞고 살아? 이년아, 개도 대들지 못하고 깨갱거리기만 하면 더 맞어. 이 벼락 맞을 년아!

남편, 기어 다니며 작은댁을 채로 때린다.

작은댁, 엉금엉금 기며 피한다.

남편 이년이 그렇게 맞아도 입이 살았어. 너 오늘 잡히기만 해! 아가리를 쭉 찢어 놓을 테다.

남편, 작은댁의 치마를 잡는다.

치마가 벗겨지려고 한다.

작은댁, 치마를 벗어 던지지 못하고 손으로 잡고 뒹군다.

남편, 올라탄다.

남편 (씩씩대며) 네년 속을 모를 줄 알고? 치마만 잡으면 자빠지는 년. 이년아, 또 씨 내릴 줄 알어? 비린내 난다, 이년아! 평생 씨나 받으려고 걸궁거리는 년! 퉤! 퉤!

작은댁은 진심으로 화가 난다.

작은댁, 막무가내로 달려들어 엎치락뒤치락하다가 남편 위에 올라탄다.

작은댁, 멱살을 쥐고 흔든다.

너무 거세게 흔들기 때문에 남편 캑캑거리기만 한다.

작은댁 (부르르 떨며, 또박또박) 나한테 잘못했다고 빌어. 평생 잘못했다고! 어서!

남편, 캑캑댄다.

뭐라고 중얼댄다.

작은댁 그래, 난 당신 못 죽여. 하지만…… 날마다 때릴 거야. 때릴 거라구!

작은댁, 손을 들고 부들부들 떤다.

남편, 이빨로 작은댁의 발을 문다.

비명을 지르며 남편의 따귀를 때린다.

작은댁, 자기 손을 보고 놀란다.

남편, 몸부림치며 작은댁을 물어뜯으려 한다.

작은댁 봤지? 어서 잘못했다고 빌어!

남편 이년! 뼈를 씹어 먹을 테다!

작은댁, 남편의 멱살을 쥐고 몸을 일으킨다.

눈을 딱 감고 한 대 올려붙인다.

남편, 힘없이 나가떨어진다.

작은댁, 아무거나 집어 들고 달려든다.

남편, 무서워서 소리를 지르며 이불을 뒤집어쓴다.

남편 잘못했어요! 잘못했어요!

작은댁, 기세를 멈춘다.

남편, 억울하고 분해서 어린애처럼 운다. 펑펑 운다.

작은댁 시끄럽수.

남편, 뚝 그친다.

작은댁 당신이 뭘 알우. 몰라요, 몰라. 그동안 얼마나 잘못했는지…….

작은댁, 남편을 둘러업는다.

작은댁 난생처음 잘못했다는 말을 하니까 눈물이 나요? 난 평생 당신한테 손이 닳도록 비비고 살았수. 자존심 상해요?

남편, 등에 업혀서 울음 끝을 운다.

작은댁 억울하우?

작은댁, 남편을 단단히 업는다.

작은댁 가요! 목욕시켜 드릴게.

작은댁, 나무처럼 서 있다.
등에 엎드린 남편은 잠이 들었다.
그들 뒤로 작은댁이 조춘이한테 쓴 편지가 자막으로 보인다.

《엄인희 대표 희곡선》(북스토리, 2002)

(편지)

조춘아 보아라

조춘아

모난 어머니 잘난 여감을 때리 주어따

어미다 이제 사람 가트다

사람 꾸실하니 시어나다

조춘아

나를 언망 마라다오

자리꺼라

어머니가

활동 거리

1 이 작품에 나타난 '작은댁'의 일생을 '인생 곡선'으로 표현해 봅시다.

- 각 장면의 핵심 사건을 적습니다.
- 각 장면 사이에 어떤 사건이 있었을지 상상하여 적습니다.
- 정리된 사건 위에 +5에서 −5까지 행복지수를 표시해 보고, 표시된 점을 연결해 인생 곡선을 그립니다.

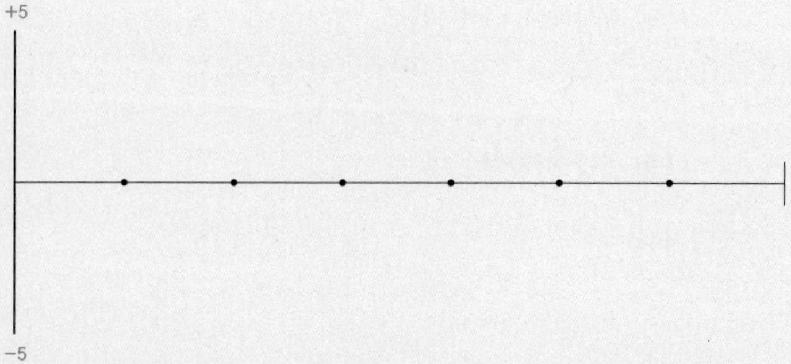

2 이 작품에서 '작은댁'의 특성을 잘 알 수 있는 부분을 두세 군데 찾아보고, 거기에 나타난 작은댁의 인물 됨됨이를 이야기해 봅시다.

3 '작은댁'과 '큰댁'이 당했던 억울한 일을 하나하나 찾아봅시다. 그리고 그러한 일들이 왜 생겼는지 설명해 봅시다.

4 여러분이 '작은댁'이라면 인생의 갈림길에서 어떤 선택을 했을지 다음과 같은 형식으로 써 봅시다.

(예) 내가 만약 작은댁이라면 조춘 아버지가 찾아왔을 때 같이 도망을 가서 조춘이, 배 속의 아이까지 네 식구가 함께 살았을 것이다. 그래야 나중에 발생할 비극을 막고 모두가 행복하게 살 수 있었을 것이기 때문이다.

5 아래에 제시된 글감 가운데 하나를 고르고, 그 문제에 대한 여러분의 견해를 주장하는 글을 이 작품의 내용을 인용하면서 써 봅시다.

(글감) 남아 선호 사상, 가정 폭력, 여성의 가사 노동, 여성의 사회적 지위

강다민

용팔이

마중글

누구에게나 살면서 나에게 큰 영향을 준 사람, 결코 잊을 수 없을 것 같은 사람, 그러나 지금은 만나기 어려운 사람이 한 명쯤 있을 겁니다. 어린 시절 같이 놀던 동네 친구일 수도 있고, 초등학교 짝꿍일 수도 있고, 첫사랑의 상대일 수도 있겠지요. 그런데 나 말고도 그 사람을 아는 사람을 우연히 만난다면 얼마나 신기한 일일까요? 서로의 기억을 함께 더듬으며 그 사람에 대해 이야기를 나누는 것은 참 즐거운 일이겠지요. 그러다 문득 이런 생각도 해 볼 수 있겠지요. 혹시 이 세상 모든 사람은 몇 사람만 거치게 되면 모두 알게 되는 인연의 끈으로 연결되어 있는 것이 아닐까요?

〈용팔이〉는 다양한 인물이 '용팔'이라는 인물을 회상하는 방식으로 구성되어 있습니다. 전혀 모르던 사람들이 처음 만나 우연히 '용팔'이라는 인물을 함께 회상하기도 하고, '용팔'의 오랜 친구들이 모처럼 만나 '용팔'을 회상하기도 합니다. 물론 '용팔'에 대한 각 인물들의 회상은 비슷하기도 하고 조금씩 다르기도 합니다.

이처럼 여러 인물들이 '용팔'을 추억하는 가운데, 그 기억의 조각들이 마치 퍼즐처럼 맞춰지면서 '용팔'의 인생사가 드러나게 됩니다. 따라서 이 작품을 읽어 가다 보면 '용팔'이라는 인물의 정체가 마치 베일에 싸여 있다가 점차 드러나는 것처럼 느껴질 것입니다. 그리고 수많은 인물들이 '용팔'을 매개로 새로운 관계를 형성해 가는 모습도 흥미롭게 지켜볼 수 있을 것입니다.

만일 이 작품에서처럼 다른 사람들이 여러분을 떠올린다고 생각해 봅시다. 다른 사람들의 기억에 여러분은 어떤 모습으로 남아 있을까요? 그 기억들을 모아 보면 여러분이 생각하는 자기 자신의 모습과는 어떤 점이 비슷하고 어떤 점이 다를까요? '옷깃만 스쳐도 인연'이라는 말이 있습니다. 여러분은 살아가면서 만나는 다양한 인연의 끈들을 어떻게 엮어 가고 있나요? 이런 점을 생각하면서 이 작품을 읽어 보면 좋겠습니다.

용팔이

용팔이는 관계 대명사다.

용팔이는 초등학교 동창이다.

용팔이는 군대에서 끔찍한 선임이었다.

용팔이는 개 이름이다.

용팔이는 예전에 사귀었던 사람 이름이다.

용팔이는 택시 기사다.

용팔이는 여행에서 만난 사람의 동생이다.

용팔이는 시어머니다.

용팔이는 오징어 튀김을 못 먹는다.

용팔이 고향은 바닷가다.

용팔이와 용팔이 친구와 만나기로 했는데 막상 용팔이는 오지 않는다.

용팔이는 면접관과 사이가 좋지 않다.

용팔이는 친구의 친구다.

용팔이는 소개팅에서 만난 의사의 환자이다.

용팔이는 후배의 룸메이트의 누나의 남친의 동생이다.

용팔이는 주인집 딸이다.

용팔이는 오래전에 같이 작업실을 썼던 사람이다.

용팔이는 옛날 중학교 때 국어 선생님이다.

용팔이는 고등학교 체육 선생님이다.

용팔이는 엄마 친구 아들이다.

용팔이는 엄마 친구 남편이다.

용팔이는 서울대 극회 출신이다.

용팔이는 결국 누구도 될 수 있다.

용팔이는 인연을 만들어 주는 관계 대명사다.

용팔이 때문에 친구가 될 수도,

일이 잘 안 풀릴 수도,

주인이 될 수도,

우위를 점거할 수도,

잘 보이게 될 수도,

더 친해질 수도,

사랑하게 될 수도,

악연이 될 수도,

아무 일도 일어나지 않을 수도,

추억하게 될 수도 있다.

1장 : 면접 (이)용팔－민호

2장 : 시애틀 경훈－나진

3장 : 바닷가 용미－정연

4장 : 당구장 대식－건희

5장 : 포장마차 주인아주머니－연희

6장 : 강아지 분양 또리－쿠타미

7장 : 카페 대현－지현

8장 : 어린 시절 용팔－지현

제1장 : 면접

신입 사원을 뽑는 면접장이다.

용팔, 40대 중반의 부장, 면접관이다. 민호, 20대 후반의 지원자이다.

민호, 심호흡을 한 뒤 긴장한 모습으로 자리에 선다.

민호 (우렁차게) 안녕하십니까?

용팔 앉으세요.

민호는 준비된 의자에 앉는다.

용팔 김, 민, 호 씨?

민호 네, 김민호입니다.

용팔 서울대 나오셨네?

민호 네, 서울대 경영학부 나왔습니다.

용팔 후배네.

민호 네?

용팔 내 후배라고. 나도 서울대 경영.

민호 아, 반갑습니다.

용팔 뭐 서울대 경영 나온 사람이 한둘인가.

민호 (민망해진다.) 그래도 선배님이라고 생각하니까 마음이 한결 편해집니다.

용팔 선배님은 무슨……. 그래, 우리 회사에 지원한 동기가?

민호 네, 귀사는 전년 대비 12퍼센트의 성장률을 기록하고, 사원 복지에 많은 힘을 쏟는, 컨설팅 업체 중에서도 최고의 실력과 권위를 가진 회사라고 생각합니다. 좋은 선배님들과 동료들 사이에서 저도 많은 것을 배울 수 있을 것이라고 생각해서 지원하게 되었습니다.

용팔 회사에 들어오기 위해서 뭘 준비했나?

민호 네, 저는 면접을 준비하면서 다양한 CEO들의 자서전과 비즈니스 철학을 담은 책들을 찾아 읽었습니다. 또한 미국에서 어학연수를 하고 여행을 하였습니다.

용팔 술은 잘 마시나?

민호 네, 저는 술을 잘 마시지는 못하지만 술자리에서 분위기를 띄우는 것을 잘합니다.

사이.

면접관은 이력서를 훑어본다.

용팔 대학 생활 중에 가장 재밌었던 일은?

민호 네, 저는 학과 생활과 공부가 가장 즐거웠지만 또한 극회 활동을 했던 것이 가장 기억에 남고 즐거운 시간이었습니다.

용팔 연극?

민호 네, 저는 서울대 극회 출신입니다.

용팔 허어, 이거 반갑네, 나도 극회였어.

민호 아, 선배님!

민호, 일어나서 이마가 땅에 닿을 듯이 인사를 한다.

용팔 아, 이거 극회 후배였는 줄은 생각도 못했네.

민호 선배님, 정말 반갑습니다.

용팔 요새 극회는 어떤가?

민호 네, 선배님, 정기 공연은 꾸준히 하고 있고요, 관악 구민들을 위한 무료 공연도 기획 중이고, 작년 축제 때는 획기적으로 학교 전체를 돌아다니면서 퍼포먼스 공연을 했습니다.

용팔 극회에서 혹시 내 얘기 들어 본 적 없나?

민호 저, 그게…….

용팔 (기분이 상한 듯) 뭐, 그럴 수도 있지. 다들 날 좀 무서워했었으니까……. 그렇게들 기억하겠지.

민호 (눈치 보며) 죄송합니다, 선배님.

용팔 죄송할 것까지야. 그래, 극회에선 누구랑 친했나?

민호 네, 저는 김, 용, 팔 선배님이라고, 저보다 한 학번 위의 선배님과 가장 친했습니다.

용팔 김, 용, 팔?

민호 네, 제가 일 학년이었을 때, 김용팔 선배님과 봉사 활동으로 강원도 일대 노인 복지관을 찾아다니면서 무료 공연을 다녔던 적이 있습니다. 차를 하나 빌려서 텐트와 세트를 싣고 여기저기 다니면서 공연을 했습니다. 고생은 참 많았지만 가장 보람 있는 공연이었습니다. 그때 김용팔 선배님 보면서 참 멋진 선배님이라고 생각하여 많이 의지하였습니다.

용팔 자네는 무슨 파트였나?

민호 저는 배우였습니다. 졸업하기 전 마지막 공연 때는, 〈시련〉의 존 프락터를 연기하였습니다.

용팔 배우를 했나? 생긴 것하고 다르네. 무대에 서면 어떨지 궁금한데?

민호 네, 선배님, 제가 입사를 한다면 꼭 준비를 해서 보여 드리도록 하겠습니다.

용팔 지금 해 보지?

민호 네? 지금이요?

용팔 생각나는 부분 한번 해 봐.

민호 지금…… 기억이 나는 게…… 네, 그럼 잠시만 시간을 좀 주십시오.

민호는 일어나서 간단하게 몸을 푼다.

집중을 하려고 눈을 꼭 감고 대사를 혼잣말로 외워 보기도 한다.

민호 네, 시작하겠습니다. (사이, 〈시련〉(아서 밀러 작)의 존 프락터 대사를 시작한다.) 안 됩니다. 안 돼요, 안 됩니다. 난 서명을 했어요. 당신도 내가 서명하는 걸 봤습니다. 그걸로 끝난 거요. 이걸 가져갈 필요가 없어요. (소리친다.) 제기랄 놈의 마을 사람들! 난 하나님께 고백을 했고 또 하나님은 내가 이 위에 서명하는 걸 보셨소! 그걸로 족해요. 당신은 내 영혼을 구해 주러 온 것 아니오? 여길 보세요! 난 고백을 했단 말입니다. 그걸로 충분해요! 날 이용하지 마시오. 난 존 프락터요! 날 이용하진 못할 거요.

민호는 몰입해서 연기한다. 면접관을 마치 상대역으로 생각하듯이, 면접관을 노려본다.

면접관은 그 모습을 흥미롭게 지켜본다.

용팔 이 장면이 어떤 장면인가?

민호 존 프락터가 사형장에 끌려가기 직전의 마지막 독백입니다.

용팔 이 캐릭터가 어떤 사람이라고 생각하는가?

민호 프락터는 진실을 추구하는 사람입니다. 감옥에 갇히면서까지 자신의 신념을 지킵니다. 하지만 처형당하기 직전, 부인과 가족을 위해서 결국 악마를 보았다는 거짓 증언에 서명을 하게 됩니다. 그렇지만 그 서명을 마을 사람들에게 공개하겠다는 댄포스의 말을 듣고 서명서를 찢어 버리고 죽음을 선택합니다. 결국, 프락터는 마지막까지 자신의 영혼과 이름을 지켜 내는 인물입니다.

용팔 음…… 연기가 좋긴 한데, 다르게 한번 해 보지.

민호 네?

용팔 존 프락터를 비겁한 도망자라고 생각해 본 적 있나?

민호 아뇨, 저는 프락터는 항상 강인하고, 의지가 확고한 인물이라고…….

용팔 (말을 자르며) 프락터가 자살한 거라는 생각은? 안 해 봤나? 아니면, 결국 그들이 원하는 대로 죽어 준 거란 생각은? 그리고 스스로 그 비겁함을 숨기기 위해 오만한 태도로 위장하고 있는 거지. 내 말, 이해했나? 좋아, 그러면 다시 해 보지. 비굴함을 살려서.

민호 다시요?

용팔 응, 다시 해 봐.

민호 (어리둥절하지만 다시 연기한다.) 안 됩니다. 안 돼요, 안 됩니다. 난 서명을 했어요.

용팔 더 비겁하게.

민호 당신도 내가 서명하는 걸 봤습니다. 그걸로 끝난 거요.

용팔 눈빛을 불쌍하게!

민호 이걸 가져갈 필요가 없어요.

용팔 더! 더 오만하게! 상대를 무시해!

민호 (소리친다.) 제기랄 놈의 마을 사람들! 난 하나님께 고백을 했고 또 하나님은 내가 이 위에 서명하는 걸 보셨소! 그것으로 족해요.

용팔 비겁한 눈빛! 하지만 오만함을 유지하면서!

민호 당신은 내 영혼을 구해 주러 온 것 아니오? 여길 보세요! 난 고백을 했단 말입니다. 그걸로 충분해요!

용팔 아까보다 훨씬 좋아졌어.

민호 정말입니까, 선배님?

용팔 그럼. 훨씬 좋네.

민호 선배님은 연출이셨나 봐요?

용팔 주로 연출 담당이었지.

민호 선배님께서 봐 주시니까 연기에 더 빠질 수 있었습니다. 감사합니다.

용팔 왕년에 연극 한번 안 해 본 사람 어디 있나, 다들 한 번씩 빠지지. 나도 연극에 한창 미쳐 있었을 때는, 학교 그만두고 연극한다고 난리를 쳤었지. 진지하게 극단 만들어서 공연할 생각도 해 봤었다구. 하지만 그게 그렇게 쉽지만은 않더라구. 돈도 없고, 고생은 고생대로 하고, 결혼도 해야겠고……. 그래서 결국 포기했지.

민호 제 극회 동기 중에는 극단을 만들어서 활동하는 친구들이 있습니다!

용팔 나는 그렇게 연극에 빠져서 찌질하고 거지같이 평생 살 자신이 없더라구. '그랬지. 왕년에 한번 잘 나갔었다.' 하면서 생각하는 것뿐이지 뭐.

민호 선배님, 회사에서 연극 동아리를 만들어서 같이 연극을 해 보는 건 어떨까요?

용팔 회사에서?

민호 네, 선배님께서 연출을 맡으시고, 사람들을 모아서 공연을 하는 겁니다.

용팔 회사 생활이 그렇게 만만해 보이나?

민호 아니오, 그런 뜻은 아니었는데…….

사이.

용팔 아! 김용팔, 그 친구, 이제 생각났네.

민호 김용팔 선배님을 아세요?

용팔 (고개를 끄덕이며) 나랑 이름이 똑같아서 기억하고 있었지.

민호 선배님 성함도 용팔이?

용팔 그렇네. 난 이용팔인데, 그 친구는 김용팔이었지. 그 친구랑 친했군?

민호 네, 가장 의지하고 이끌어 주신 선배님이셨습니다.

용팔 그 친구, 극회 때려쳤지?

민호 네, 맞습니다. 37회 정기 공연까지 연출하시고…….

용팔 건방졌어.

민호 네?

용팔 그 김용팔이라는 친구, 건방진 데다 선배 무서운 줄도 모르고, 술버릇도 안 좋더군. 작품도 엉망이었고.

민호 아…….

용팔 한 번 보러 갔었지, 정기 공연을. 근데 무슨 이상한 이미지극을 만들어 놓곤, 연출자의 마인드도 없고, 관념적인 소리만 해대길래 뒤풀이 자리에서 한소리 했지. 그랬더니 이 친구, 나한테 바락바락 대드는 게 아니야? 그래서 내가 그랬지, 연극이 뭐냐? 너 같은 놈들은 연극이 뭔지 몰라. 그랬더니 도리어 나한테 큰소리더군. 그러는 선배님은 연극 다 때려치고 좋은 회사 취직하니 좋냐고. 연극이 뭔지 아는 사람이 그렇게 타협할 수 있느냐고.

민호 죄송하지만…….

용팔 뭐, 자네가 죄송할 건 아니지, 그런 사람과 친했다니 유감이네. (사이) 어쨌든, 만나서 반가웠네.

민호 끝입니까?

용팔 하고 싶은 말이나 질문 있으면 해 보게.

민호 학교도 그만뒀습니다.

용팔 뭐?

민호 용팔 선배님, 극회만 그만두신 게 아니고 학교도 그만두셨습니다.

용팔 그래?

민호 네. 좋은 학교 나와서 좋은 회사 취직하는 게 무슨 의미가 있냐면서, 그게 정말 내가 원하는 삶이 아니라면서, 사람을 위해서 살고 싶다고 하시면서 자퇴하셨습니다. 세상엔 돈 말고도 지켜야 할 중요한 것이 많다고 하셨습니다.

용팔 (기가 막혀서) 허, 참. 멍청한 놈인지, 잘난 놈인지……. 그래서 그 친구는 지금 잘 살고 있나? 그렇게 지켜야 할 것들을 지키면서?

민호 적어도 저보다는 잘 살고 계실 겁니다.

용팔 나가 보게.

민호 (나가려다) 그리고…….

용팔 또 뭔가?

민호 프락터는 결코 비굴한 인물이 아닙니다.

용팔 뭐야?

암전.

제2장 : 시애틀

호프집.

소란스러운 가운데 경훈 들어온다. 30대 초반의 남자.

경훈 (전화 통화) 야, 너 어떻게 된 거야? 왜 안 와? 어? 내가 그 친구가 누군 줄 알고 만나고 있어? 알아볼 거라고? 왜? 넌 언제 올 건데? 야, 뻘쭘하게 어떻게 둘이 있어? (좋아하며) 여자였어?

어, 그래? 야, 근데 넌 언제 오는데? 뭐? 아무튼 알았어. 이름이 뭐라고? 나진 씨? 어, 알았어.

나진, 들어오다가 자신의 이름을 듣고 이상하게 생각한다. 30대 초반의 여자.

나진 (전화 통화) 어, 용팔아, 어딘데? 나 방금 도착했어. 여기 맞지? 시애틀. 어. 넌 언제 오는데? 아, 정말? 그래? 이름이 뭔데? 경훈 씨? 이, 경, 훈 씨. 응, 그래. 찾아볼게. 알았어, 빨리 와. 이따 봐.

경훈, 나진에게 다가간다.

경훈 저, 혹시, 방나진 씨?

나진 네. 이경훈 씨? 용팔이…….

경훈 네. 제가 용팔이 친구예요.

나진 안녕하세요. 먼저 와 계셨나 봐요?

경훈 아, 저도 방금 도착했습니다. 이쪽으로 앉으세요.

나진 네.

둘은 어색하게 앉아 있다.

경훈 반가워요. 말씀 많이 들었어요.

나진 네, 저도. 용팔이한테 얘기 들었어요.

경훈 여자분이신지 몰랐어요.

나진 여자라고 못 들으셨구나…….

경훈 좀 전에 들었어요.

사이.

경훈 뭐 시킬까요? 맥주?

나진 네. 맥주 한잔 하시죠.

경훈 (큰 소리로 주문한다.) 여기요, 맥주 두 잔이랑 소주 한 병만 주세요!

나진 술 좋아하세요?

경훈 어후, 사랑하죠.

나진 용팔이랑도 많이 드시겠네요?

경훈 용팔이 술 별로 안 마시잖아요?

나진 용팔이가요?

주문한 술이 온다.

경훈은 소주를 따서 나진의 맥주잔에 살짝 부어 준 다음 자신의 잔에도 조금 붓는다.

사이.

경훈 용팔이가 저에 대해서 뭐라고 얘기했어요?

나진 아, 저랑 잘 통할 거라고, 추구하는 것도 비슷하고……. 저도 그림이 책에 삽화로만 들어가는 건 아니라고 생각하거든요. 그렇다고 그림이 주가 되고 글은 그림의 설명에 불과한 것도 안 되고, 글과 그림이 서로를 보완하고 협력해 줄 수 있는 관계가 되어야 한다고 생각해요.

경훈 정말 저랑 비슷하시네요. 보내 주신 포트폴리오 잘 봤어요.

나진 네, 가장 최근에 작업한 것들만 모아서 보내 드렸어요.

경훈 저는 포트폴리오도 맘에 들구요, 그림이 그로테스크한 것도 좋았거든요. 그래서 그림만 보고는 여자분이실 거라고는 상상도 못했어요.

나진 네.

사이.

둘은 술을 마신다.

나진 (갑자기 생각난 듯) 근데 용팔이가 술을 별로 안 마신다구요?

경훈 네. 최근 들어서는 거의 손에 꼽을 정도로?

나진 정말요? 우리 지금 같은 용팔이 얘기하는 거 맞아요?

경훈 정말 잘 안 마시던데.

나진 와, 용팔이 많이 변했네.

경훈 학교에서는 많이 마셨나 봐요?

나진 용팔이 연극했던 거 아시죠?

경훈 연극이요?

나진 네. 서울대 다닐 때, 극회…….

경훈 아, 그래요? 그래서 그렇게 혼자 연극 보러 다녔었구나…….

나진 제가 물어봤어요. 왜 그렇게들 열심이냐고. 돈도 안 되고, 유명해지는 것도 아닌데. 그랬더니 용팔이가 그러더라구요. 연극 한번 맛보면, 무대에 서 보면, 빠져나올 수가 없다고. 그래서 그렇게 지지리 궁상으로 살아도 행복한 거라고.

경훈 네…… 용팔이가 좀 그런 면이 있죠.

나진 그죠? 좀 낭만적인 데가. 암튼 용팔이랑 연극하시는 분들이랑도 술을 엄청 마셨죠.

경훈 근데 회사에서는 왜 그랬을까요? 좀 어쩔 수 없이 마시는 것처럼 보였거든요. 회식 자리 웬만하면 안 가려고 하고.

나진 아마 쑥스러워서 그럴 거예요. 학교에서도 친한 애들끼리만 놀았거든요.

경훈 거, 우리 회사 횟집이 있는데, 오징어 튀김이 기가 막히거든요. 근데 용팔이는 거기 간다고 하면 꼭 안 오더라구요. 근데 주로 회식을 거기서 하니까 용팔이는 주로 안 온 거죠.

나진 아…… 하하.

경훈 왜요?

나진 용팔이 오징어 못 먹어요.

경훈 오징어를 못 먹어요?

나진 네, 아직도 기억나요. 학교 때, 횟집 가면, 학생들이 돈이 없으니까 맨날 오징어 먹었거든요. 그럼 용팔이가 삐죽거렸어요. 자기 먹을 거 없다고.

경훈 하하하, 그건 몰랐네요. 근데 왜 오징어를 못 먹어요?

나진 글쎄요. 근데 용팔이랑 어떻게 아는 사이세요?

경훈 우린 군대에서 만났어요.

나진 아, 정말요?

경훈 네. 제가 좀 나이 먹고 군대 갔거든요. 그래서 용팔이가 동갑인데 선임이었어요. 근데 진짜 잘해 주고, 착하고 좋은 거예요. 그래서 친해졌죠. 제가 글 쓴다고 하니까, 용팔이가 나중에 꼭 삽화 그려 준다고 약속했어요. 그래서 정말 같이 일해 볼까 하다가 같이 일하게 된 거예요.

나진 그런 우연도 있구나……. 대부분 군대에서 만난 인연들은 사이가 안 좋지 않나요?

경훈 그것도 사람마다 달라요. 근데 얜 왜 이렇게 안 올까요? 전화 한번 해 볼게요.

경훈, 전화를 건다.

경훈 (전화 통화) 야, 너 어디야? 뭐? 어디? 뭐? 못 와?

나진 못 온대요?

경훈 (나진에게) 못 온대요. (전화기에) 야, 뭐야……. 알았어. 그럼 올라오면 봐. 끊어.

나진 뭐래요?

경훈 집에 내려간대요.

나진 집에요?

경훈 고향에.

나진 갑자기 고향은 왜요?

경훈 몰라요. 이 자식 요새 좀 힘들어 하는 것 같더니, 일주일쯤 잠수 타더니 갑자기 집에 내려가고…….

나진 가끔 타긴 했어요, 잠수, 옛날부터. (사이) 가을 타나?

경훈 워낙 말을 안 하는 자식이라…… 아마 뒤숭숭한가 보죠. 남자들도 그럴 때 있어요.

나진 근데 용팔이는 왜 갑자기 일을 그만둔다고 하는 거예요?

경훈 모르겠어요. (사이) 사실 처음 같이 일할 때, 용팔이가 돈 벌어야 한다고 해서 시작한 것도 있거든요. 계속 개인 작업 하고 싶어 했는데, 워낙 돈이 없으니까…….

나진 아…… (사이) 학교 다닐 때도 그랬어요. 다른 애들은 입시 과외 같은 거 해서 편하게 돈 벌 때, 용팔이는 그림으로 돈 벌기 싫다고 꼭 힘든 알바 했거든요.

사이.

경훈 어쨌든 뭐 우리 소개해 주는 자리였으니까, 잘 만났으면 됐죠.

나진 용팔이 오랜만에 보고 싶었는데.

경훈 자주 못 봐요?

나진 사실은 오늘 졸업하고 처음 만나는 거였거든요. 그래서 기대하고 나왔는데…….

경훈 왜 졸업하시고는 못 만났어요?

나진 용팔이 군대 갔다가 제대했을 때는 전 벌써 졸업반이었구, 졸업하고 한 일 년 나가 있었거든요, 어학 한다고. 그것도 제대로 못 마치고 돌아왔지만……. 그러다가 저도 일하면서 바빠지고, 이런저런 이유로…….

경훈 유학?

나진 도피였죠. 한국에서 작업하는 것도 갑갑하고, 지금 아니면 언제 가 보나 하는 것도 있었고.

경훈 그러셨구나.

나진 그렇게 혼자 타지에 나와 있는데, 용팔이가 이메일을 보냈더라구요. 개인전 한다면서, 잘 지내느냐고, 시간 되면 전시 꼭 와 달라고. 그 메일을 보니까 반갑고, 고맙고, 보고 싶고, 내가 여기서 왜 이러고 있나 싶더라구요. 어학 하는 것도 힘들고, 혼자 생활하는 것도 고달프고, 그래서 돌아왔어요. 날짜를 못 맞춰서 개인전은 결국 못 갔지만…….

경훈 용팔이랑 참 친하셨구나……. 전 그렇게까지 친한 친구인지는 몰랐어요.

나진 제가 삼수라, 동기 중에 둘이 동갑이라 처음부터 친해졌죠. 개가 가끔 말 안 하고 잠수 타거나, 작업할 때 까다롭고 예민해지는 거, 근데 그건 작업하는 사람은 누구나 다 그런 점이 하나씩 있잖아요? 그런 거 빼곤 착하고 친절하니까, 그래서 사람들이 다 좋아하는 거죠. 저도 그래요. (사이) 용팔이는 그렇게까지 친하다고 생각하지 않을지도 몰라요.

경훈 용팔이도 그렇게 생각할 거예요. 저한테 그랬거든요. 대학 친구가 있는데, 그림에 힘이 있고 박력 넘치고 생동감이 장점이라고. 실제로 그림도 너무 좋구요.

나진 네, 그럼 제가 글을 읽어 보고 연락 드릴게요.

경훈 뭐, 꼭 일 때문이 아니더라도, 술친구 되는 것도 좋잖아요?

나진 그럼요. 다음엔 용팔이도 같이?

경훈 (잔을 들며) 그럼, 드시죠.

나진 네, 건배!

암전.

제4장 : 당구장

강원도 어느 바닷가 마을의 당구장.

대식과 건희가 당구를 치고 있다. 둘 다 30대 초반.

둘은 고등학교 시절부터 친구 사이이다.

건희는 곧 결혼을 앞두고 있다.

둘은 당구를 치며 계속 얘기한다.

건희 저번에 누구 만났다고 하지 않았냐?

대식 어, 뭐 몇 번 문자 오구, 전화 한 번 하구.

건희 근데?

대식 아, 몰라. 어떻게 해야 할지 잘 모르겠어.

건희 연애는 이 형님한테 물어봐라.

대식 여자 만나면 뭔 말을 해야 될지 모르겠어.

건희 그 나이 처먹도록 연애 한 번 못해 본 너도 참.

대식 이 자식, 결혼한다고 유세냐?

건희 자꾸 만나 봐야지, 그래야 여자 만나는 것도 늘어.

대식 아! (공이 빗나간다.) 아, 씨발, 아깝다.

건희 야, 완전 빗나갔거든?

대식 당구가 점점 줄어.

건희 넌 왜 치면 칠수록 실력이 주냐? 형님 하는 걸 봐라.

건희는 자신 있게 공을 치지만 공은 빗나간다.

대식 어째 우린 고등학교 때 더 잘 쳤던 것 같다.

건희 그땐 날아다녔는데.

대식 그때가 좋았지.

건희 그럴 때가 있었지. 창식이랑 용팔이랑 넷이서.

대식 야, 너 그때 기억나냐? 왜, 체육 선생이 맨날 우리 잡으러 다니다가…….

건희 나중엔 같이 당구 치고.

대식 그 선생 때문에 당구 진짜 많이 늘었잖아.

건희 지금 생각하면 진짜 웃긴다.

대식 그러게.

건희 아니, 학생들 잡으러 다니다가 같이 놀러 다니는 선생이 어딨냐?

대식 그래도 체육이 진짜 잘해 줬는데. 그때가 진짜 재밌었다.

건희 재밌었지…….

대식 잘나갔지…….

건희 그땐 우리가 이렇게 될 줄 알았나…….

대식 그래도 우리 중엔 용팔이가 제일 잘됐지. 앞으로도 아마 없을걸? 이 동네에서 서울대 가는 건.

건희 참 신기한 놈이었어?

대식 그치, 그렇게 공부 열심히 하는 줄 누가 알았냐?

건희 그 자식은 요새 뭐 한대냐?

대식 몰라, 연락 못해 봤지.

건희 그때 진짜 황당했는데……. 서울대 때려치더니 갑자기 그림 그린다고.

대식 그게 마지막이었지? 제대하고 내려왔던 게?

건희 그치, 그 담에 못 봤으니까. 갑자기 고향 그리겠다고.

대식 그림은 잘 그리더라.

건희 그래도 서울대 다니는 게 낫지, 그림은 무슨……. 돈도 없어서 그지 새끼, 여기까지 와서 얻어먹고.

대식 그러게, 서울대 얌전히 다녔으면 얼마나 좋아.

건희 그림 그린답시고 밥도 못 얻어먹고 다니나 보던데, 그때 그 횟집 갔잖아, 창식이랑 넷이…….

대식 그게 마지막으로 넷이 논 거였네. 그게 벌써 몇 년 전이냐?

건희 그러게, 벌써 몇 년 됐네. 근데 그 새끼 입만 부르주아였어.

대식 그랬나?

건희 형님들 돈 없으니까 오징어 같은 싼 거 시키랬더니, 오징어 싫다고…….

대식 그랬었나? 별로 까탈스럽진 않았는데?

건희 그날 술값이 얼마나 나왔는데. 싼 거 처먹지.

대식 그때 참 좋아 보였는데.

건희 그러게, 지 하고 싶은 거 하니까 얼굴이 확 폈더만.

대식 그때 용팔이가 학교만 졸업하면 고향에 내려와서 살고 싶다고 했는데.

건희 그랬어?

대식 어, 서울 싫대. 고향에서 그림 그리면서 살고 싶댔어.

건희 그 자식, 우리 생각이나 할라나 몰라.

대식 나쁜 새끼. 연락 좀 자주 하지.

건희 그러는 니가 연락 좀 해 봐라.

대식 먼저 연락하기 좀 그렇지, 서울서 잘나가는 놈한테…….

건희 그래도 명절 때는 꼬박꼬박 오는 거 같더니.

대식 어머니 혼자 계시는데 자주 좀 오지.

건희 그러게, 용팔이가 어머니랑 누나한테 참 잘했는데.

대식 아버지 안 계시니까 지가 당연히 잘해야지. (사이) 왜 옛날에, 용팔이 자살한다고 지랄했던 거 기억나냐?

건희 이 학년 때였나?

대식 그쯤 됐지, 벌써 십 년이 넘었네. 갑자기 뛰어 올라갔잖아, 옥상에.

건희 뭣 땜에 그랬더라?

사이.

둘은 잠시 각자 생각에 잠겼다가, 다시 당구에 열중한다.

게임은 거의 막바지다.

대식 아버지 생각나서 그랬다더라, 나중에.

건희 진짜야?

대식 그래. 아버지 기일이 가을이라 그때쯤 되면 예민해진다고. 나중에 지나서 말하더라. 좀 짠했지.

건희 아…… 이제 생각해 보니까 그때 갑자기 용팔이가 먼저 술 먹자고 했던 거 같다.

대식 맞아. 며칠 동안 말 안 하다가 갑자기 한단 말이, 술 먹자고.

건희 그 새끼, 가끔 좀 이상할 때가 있었어.

건희의 핸드폰이 울린다.

건희 (전화 통화) 어디냐? 술 좀 깼냐? 당구 치고 있다. 빨랑 나와, 셋이 한 잔 해야지. 흐흐흐, 이 자식, 그래, 해장술이다. 뭐? 용팔이?

대식 왜?

건희 (대식에게) 용팔이 봤대. (전화 통화) 어디서? 포차? 어, 거기 해변 쪽에, 알어. 언제? 좀 전에?

대식 뭐래? 용팔이 왔다고?

건희 (전화 통화) 알았어, 암튼 빨리 와. 알았어. (전화 끊는다.) 차 타고 지나가다가 슬쩍 봤는데 용팔이 같기도 하고 아닌 것 같기도 해서.

대식 어디서?

건희 거기 해변가에 포차.

대식 야, 딱 보면 알아보지 왜 용팔인지 몰라보냐?

건희 그게, 옆모습은 용팔이 같았는데, 너무 말랐더래. 얼굴도 핼쑥하고.

대식 그럼 용팔이 아닐 수도 있네.

건희 그치? 아니겠지?

대식 근데 용팔이 맞을지도 모르잖아.

건희 왔으면 전화를 했겠지.

대식 그랬겠지. 그 새끼가 형님들한테 보고를 안 할 리가 없지.

건희 그치.

대식 용팔이 맞으면 좋겠다.

건희 그럼, 간만에 넷이 뭉치는 건가? 어제 거기 갈까?

대식 어디든…….

둘은 또다시 생각에 잠겨 허공을 바라본다.

암전.

제5장 : 포장마차

강원도 바닷가의 작은 포장마차 안이다.

한쪽 구석에 커다란 캔버스가 뒤집혀 있다.

주인아주머니는 무료한 모습으로 파리를 쫓고 있다.

잠시 후, 연희가 들어온다. 20대 중반. 주인아주머니의 딸이다.

주인 (화를 내며) 왜 인제 와!

연희 아, 왜 사람 오자마자 소릴 질러.

주인 빨리 오랬잖어.

연희 그 총각이 그렇게 괜찮았어?

주인 그래, 내가 붙들고 있느라고 혼났는데…….

연희 그럼 더 붙들고 있지 왜 먼저 갔대?

주인 다시 서울 올라가 봐야 된다고.

연희 그게 아니고, 엄마가 딸 만나 보라고 그렇게 성화해 대니 부담스러워서 술 마시겠어?

주인 나 성화 안 했어. 그냥 네 얘기 하고, 한번 만나 보면 참 좋겠다, 금방 오니까 좀 있어 봐라, 그 얘기밖에 안 했어.

연희 그게 성화야. 그리고 나도 부담스러워 싫어.

주인 사람 참 괜찮더만. 웃는 것도 이쁘고.

연희 남자가 웃는 게 이뻐서 어디 쓴다고.

주인 이쁘면 좋지, 왜! 그러믄 네가 어느 평생에 이쁜 사위 데려오……

연희 (말 자르며) 문 닫어!

연희, 테이블과 의자를 정리하며 가게 닫을 준비를 한다.
캔버스 쪽으로 다가가다가

연희 이건 뭐야?

주인 아, 거 좀 봐라. 선물이라고 갖고 왔더라.

연희 뭔데?

연희는 캔버스를 바로 돌려 놓고 그림을 본다.

주인아주머니도 그림 쪽으로 다가온다.

연희 그림이네?

주인 그래, 그 총각이 화가래.

연희 화가? 그럼 그 사람이 직접 그린 거야?

주인 어, 그렇대. 왜 재작년에 저 앞에부터, 우리 집 가는 골목까지 싹— 벽화 그리러 온 사람들 있었잖어?

연희 알아. 뭐, 날개도 있고 꽃도 있고 바다도 있고, 근데 왜 바닷가 동네에 벽화로 바다를 그리냐? 것도 좀 웃기지 않아?

주인 암튼 그 총각이 그중에 한 사람인 거야. 아니지. 그 총각이 대장이야.

연희 엄마는 왜 그렇게 잘 알아?

주인 여기 몇 번 왔었다는데, 난 잘 기억이 안 났는데, 아 얘길 하다 보니까 알겠잖아. 그래, 딱 그때 그림 그리러 온 사람들 중에 있었던 거 같은 거야. 그래서 오늘도 그림 그리러 온 거냐고 했더니 오늘은 아니래. 이거 주러 온 거래.

연희 아니, 근데 왜 바닷가에 사는 사람한테 바다 그림을 선물로 주냐고.

주인 뭐 좋으면 됐지. 그리고 이 바다는 저 바다하고 다른 바다야.

연희 이 바다가 다른 바단지 엄마가 어떻게 아는데? 근데 그 사람이 왜 하필 이 동네에 그림 그리러 오는 건데?

주인 아, 여기가 고향이래, 글쎄.

연희 고향이 여기라고?

주인 어, 그 왜 해변 가는 길에 빌라 사는 아줌마 있잖아, 엄마 친구 동창? 아 글쎄, 그 집 아들이었던 거야. 신기하지?

연희 그 혼자 사는 아줌마?

주인 그 총각은 서울서 일하고, 누나는 유학 갔대. 그래서 몇 년만 혼자 사는 거라더라.

연희 남편은?

주인 옛날에 죽었다더라. 한참 됐나 보던데.

연희 근데 그 사람이 왜 엄마한테 그림을 줘? 지네 집에 안 갖다 놓고?

주인 앞으로 바빠질 것 같아서 벽화 그려 주러 못 올 수도 있다고, 미안하다면서…….

연희 고향이면 바빠져도 가끔 오겠네. 뭘 못 와?

주인 기지배, 지도 좀 서운한가 보지?

연희 아냐, 그런 거.

두 사람 그림을 빤히 바라본다.

사이.

연희 그림 멋있다. 볼수록 멋있네.

주인 사람은 더 괜찮다니까, 좀 말라서 그렇지.

연희는 그릇을 치우고, 주인아주머니는 행주를 가져다가 테이블을 슥슥 닦는다.

연희 엄마! 엄마는 현실을 너무 몰라. 화가가 얼마나 돈이 없는데. 그림이 뭐 잘 팔리는 줄 알아?

주인 그래도 전시회 같은 거 하면 돈 많이 벌지 않나?

연희 전시회 한다고 무슨 돈을 벌어요? 큰 데서 해도 그림 몇 장 팔리는 게 쉬운 게 아니라더라.

주인 총각이 참 좋은 일도 많이 하고, 사람이 선량하니 괜찮던데 돈을 왜 못 벌까……?

연희 그러니까 돈 못 버는 화가 사위가 괜찮냐고?

주인 돈은 니가 벌면 되지.

연희 아 엄마도 참. 내가 돈 없는 남편 뒷바라지나 하면서 살면 좋겠어?

주인 그것도 그러네.

연희 그리고 애인 있을지도 모르잖아. 그것도 안 물어봤으면서.

주인 왜 안 물어봐? 만나는 여자는 있어? 했더니 지금은 없대.

연희 그래?

주인 그러니까 내가 빨리 좀 와 보라니까, 왜 늦고 지랄이야!

연희 아, 아줌마, 욕하지 말어. 내가 늦고 싶어서 늦었나?

주인 너도 결혼해야 할 거 아니야! 언제까지 엄마 등골 빼먹으면서 살래?

연희 아 진짜, 또 시작이네! (주방에서 나오며) 나 소주 먹을래.

주인 기지배가…… 먹지 마.

연희 (테이블에 남아 있는 소주병과 안주를 가리키며) 그 사람이 먹다 남긴 거야?

주인 어, 거기 남아 있는 거 마셔.

연희, 테이블로 가서 혼자 소주를 따라 마신다.

연희 근데 왜 오징어는 하나도 안 먹었대?

주인 안 먹었어?

연희 어. 그대론데?

주인 좀 먹어 보라고 썰어 줬더니.

연희 이상한 사람이네. (오징어를 집어 먹는다.) 맛있기만 한데.

주인 그 총각이랑 우리 연희랑 잘되면, 우리 연희도 서울 가서 살면 좋잖아.

연희 난 여기가 좋네.

주인 이 촌구석이 뭐가 좋다고?

연희 엄마, 서울 가서 살면 다 좋은 줄 알아? 여기서 엄마랑 이렇게 사는 게 좋은 거야.

주인 아이고, 고양이 쥐 생각 하냐? 눈물 난다, 눈물 나.

연희 그니까 엄마도 장사 그만해. 힘들잖아. 나 학원도 이제 꽤 잘되니까, 엄마는 쉬고 나만 벌면 되거든?

주인 요 촌에서 피아노 학원 해서 얼마나 번다고?

연희 이거 저거 뺄 거 다 빼도, 한 몇백은 남아.

주인 몇백? 왜 말 안 했어?

연희 다 모아 뒀어. 나중에 한번에 줄라고.

주인 …… 빚 갚을 생각은 하지 말어. 내가 버는 걸로 갚고 있으니까. 그냥 니가 버는 거 니가 다 가져.

연희 난 돈 별로 필요도 없네.

주인 왜? 결혼할라믄 돈 필요하지.

연희 또, 또 시작이야. 맨날 엄마는, 왜 맨날 다 끝난 얘기를 다시 시작해. 그러지 말고 엄마도 한잔해.

주인 술장사 하는데 술만 봐도 이골 난다.

연희 아유, 그러지 말고 한잔해.

주인 (마지못해 다가가며) 엄마는 술 안 좋아해.

연희 (술을 따라 주며) 엄마 한 잔, 나 한 잔.

주인 기지배, 엄마랑 술 마시니까 좋냐? 남자 친구랑 마실 나이에.

연희 그만. 건배!

주인아주머니와 연희는 술을 마신다.

주인 서울 가서 피아노 학원 하면 얼마나 좋아?

연희 서울은 더 안 돼. 피아노 학원이 몇백 개가 아니라 몇만 개는 되는데, 거기서 어떻게 학원을 해? 그리고 서울서 학원 할라면 출신이 좋아야 돼. 다들 원장 학교 보고 학원 정하는데.

주인 무섭구만, 서울 사람들…….

연희 걔, 누구냐, 혜미랑 영선이도 서울 갔다가 부동산 알아보고 깜짝 놀라서 도로 내려왔잖아. 보증금도 너무 비싸고, 학원생 모으는 것도 얼마나 힘든데. 지방대 출신은 명함도 못 내밀어. 근데 여긴 내 학원 딱 하나잖아? 그러니까 동네 사람 다 오잖아.

주인 알았어.

사이.

연희 엄마, 엄마랑 계속 살게 해 주면 안 돼? 엄마랑 떨어져서 살기 싫은데…….

주인 몰라, 지긋지긋한 년.

연희 자, 오징어도 드시고! (오징어를 집어서 엄마에게 먹여 준다.) 이렇게 엄마랑 같이 술도 마시고, 이렇게 사는 게 행복이지. 서울 가면 뭐한다고…….

주인 그래, 나도 모르겠다. (사이) 아이고, 맞다!

연희 뭔데?

주인 옛날에 그 총각이…….

연희 아, 아줌마! 총각 얘기 그만!

주인 아냐, 들어 봐. 어렸을 때 지 아부지가 요 앞에서 식당을 했었다고, 그래서 우리 집 올 때마다 아부지 생각난다고…….

연희 ……. (침묵)

주인 그래서 일부러 우리 집 찾아오는 거라고, 그런 얘기 했던 것 같다.

주인아주머니, 자리에서 일어나 밖을 내다본다.

연희 뭐 하는데?

주인 아직 안 갔을지도 모르잖아.

연희 서울 간다고 갔다며?

주인 (생각난 듯) 근데 그 총각이 마지막으로 가면서 하는 말이, 제가 술 마시고 집에 가면 아주머니 기억 속엔 제가 어떻게 남을까요? 그러더라고.

연희 그래서?

주인 그래서 뭐, 손님이 한둘인가, 그냥 멀끔한 총각이 혼자 술 마셨다고 생각하겠지.

연희 그러니까 뭐래?

주인 좀 취했나 봐. 저를 금방 잊어버리시겠죠, 그러는 거야. 그래서 내가 자주 오면 안 까먹지, 했더니 전에 그림 그리러 왔던 것도 기억 못하셨잖아요, 그러는 거야. 그래 내가 좀 미안해서, 앞으로 내려올 때마다 들르라고 그랬거든. 그랬더니 앞으로 자주 못 와도 이 그림 보면서 자기를 기억해 달래.

연희 화가가 아니고 시인이네.

사이.

연희 그림 있으니까 분위기가 확 사네.

주인 그치?

연희 어, 포장마차가 아니라 미술관 같다.

주인 집에 걸어 두려고 했는데, 그냥 여기 둘까?

연희 여기 있는 게 훨씬 좋은데?

주인 그래? 그럼 여기다 걸어야겠네.

연희 좋다!

주인 그림 하나 있는 게 이렇게 다를 줄 몰랐네.

연희 엄마, 나 결혼하면 혼자 쓸쓸하잖아. 그 아줌마처럼 혼자 살 거야? 그니까 앞으로 결혼 소리 하지 마. 알았지? 둘이 이렇게 사는 게 얼마나 좋냐?

주인 (눈을 흘기며) 됐네, 징그럽네.

연희 그럼 엄마, 한 잔 더!

주인 엄마는 술 별로 안 좋아하는데…….

둘은 술을 따라 건배한다.

암전.

제7장 : 까페

대현, 자리에 앉아 있다. 30대 중반의 남자. 까페 안을 둘러본다. 가방에서 서류를 꺼내 검토하기 시작한다.

잠시 후 지현, 들어오며 주위를 두리번거린다. 30대 초반의 여자. 그러다 대현을 발견하고 주의 깊게 얼굴을 살펴본다.

지현 (확신에 차서) 야, 너!

대현 네?

지현 (다가가며) 용팔아, 용팔이 맞지? 야, 너 진짜 오랜만이다. 와, 어떻게 이렇게 만나냐?

대현 어…….

지현 넌 어쩜 하나도 안 변했냐? 야, 진짜 반갑다. 여기서 혼자 뭐 해? 누구 기다려? 여자 친구?

대현 (서류를 주우며) 아니…….

지현 야, 어쩜 몇 년 만에 봐도 딱 알아보겠냐? 잘 지냈어?

대현 저…….

지현 그 동안 어떻게 살았어? 어디 살아? 서울에 사는 거야? 너 어정쩡하고 어리버리한 게 그대로다. 어쩜 어릴 때랑 하나도 안 변했…….

대현 (말 자르며) 저기요! 사람 잘못 보신 것 같은데요.

지현 뭐?

대현 사람 잘못 보셨다고요.

지현 야, 너 웃긴다. 나 몰라? 지현이, 이지현, 진성초등학교 3학년 2반. 너 맨날 "야, 이지현" 하고 불렀잖아. 김용팔, 너 맞잖아.

대현 저기요, 전 김대현이구요, 진성초등학교 안 나왔어요.

지현 네? 진짜 아니야?

대현 네, 진짜 아니구요, 김대현이라구요.

지현 아…… 죄송해요. 제 친구랑 너무 닮아서…… 이거 어쩌죠? 정말 죄송해요.

대현 괜찮습니다.

지현 저, 그럼 실례했습니다. (자리에서 일어난다.)

대현 저기요, 그런데 그쪽 성함이…… 이지현 씨?

지현 네? 네, 맞아요. 이지현이요.

대현, 휴대폰을 꺼내 전화를 건다.

지현의 전화가 울린다.

대현 맞네요, 이지현 씨. 오늘 저랑 선보기로 하신…….

지현 네…… 아, 그쪽이 김대현 씨?

대현 네, 늦으셨네요.

지현 차가 막혀서.

대현 차가 밀려서겠죠. 차가 막히는 게 아니고.

지현 네?

대현 차가 막히는 게 아니고, 길이 막혀서 차가 밀렸겠죠.

둘 사이에 어색한 공기.

지현, 기가 죽었다.

대현 뭐 드시죠. 커피?

지현 아, 제가 늦었으니까 제가 살게요. 커피 드시겠어요?

대현 제가 사죠.

지현 그런 게 뭐가 중요한가요? 제가 살게요. 아메리카노 사면 되죠?

대현 그러죠.

지현, 주문하러 가고 대현 홀로 남아 있다.

휴대폰을 꺼내 어디론가 전화를 건다.

대현 (전화 통화, 화가 나서) 환자는? 대체 일을 어떻게 하는 거야? 어떻게 환자가 삼 일 넘게 연락이 안 되는 상황을 만들어? 집에는 연락해 봤어? 빨리 찾아! 끊어, 곧 들어가니까.

대현, 전화를 끊는다.

지현, 커피 두 잔을 가지고 들어온다.

지현 (커피를 내려놓으며) 저…… 아까는 죄송했어요.

대현 네?

지현 제 친구랑 너무 닮아서 그만…….

대현 아닙니다. 친구분이 저랑 많이 닮았나 보네요.

지현 네. 고향 친구예요. 제일 친한 친구였거든요. 용팔이는 날 기억이나 할려나……. (사이) 같은 동네에서, 집도 바로 앞집이었고, 학교도 같이 다니고, 학교 끝나면 같이 놀고……. 그 동네, 정말 옛날 동네여서 골목길에 집들이 다닥다닥 붙어 있어요. 그 길 사는 아이들끼리 다 친했어요. 그중에서 저는 특히 용팔이랑 친했거든요. 용팔이가 맨날 아침마다 학교 같이 가자고 데리러 왔었는데…….

대현 (말 자르며) 의상 디자이너시라고 들었는데.

지현 맞아요. 근데 대단한 건 아니에요. 왜, 이마트 같은 데 들어가는 옷 있잖아요. 대형 마트에서 자기네 이름 따서 만드는 거. 뭐, 티셔츠나 런닝 셔츠 같은 거, 반바지, 그런 거 만들어요, 회사에서. 디자이너가 말이 좋아 디자이너지, 내가 디자인해도 마트 가서 다 컨펌 받고 바꿔 달라는 대로 다 바꿔서 수정해 줘야 되고, 그럼 그것대로 물품 발주하고, 공장은 또 필리핀에 있어서 컨테이너별로 품목 체크해서 배로 보내고, 물건 오면 또 받아서 체크하고, 그게 한 번에 몇천 장씩 오는데 일일이 다 봐야 하거든요. 수량 체크하고, 불량은 없는지…….

대현 (말 자르며) 네, 알겠습니다.

지현 (민망하다.) 네, 그런 일 해요.

침묵.

대현 하나 물어보고 싶은 게 있는데.

지현 뭔데요?

대현 아까 용팔이라고…….

지현 용팔이, 왜요?

대현 아까 초등학교 친구라고…….

지현 그래요. 제 고향 친구예요.

대현 그 용팔이라는 분 혹시 지금도 연락하십니까?

지현 아니요. 중학교 때 이사 가고 연락 끊어졌어요. 그건 왜요?

대현 혹시 용팔이라는 분이요, 어떻게 생겼나요?

지현 아까 말씀드렸잖아요, 그쪽이랑 닮았다고. 왜 자꾸 용팔이에 대해서 물어보시는데요?

대현 그게…… 제가 맡았던 환자 중에 저랑 많이 닮은 분이 있었는데 그분 이름도 용팔이였던 게 생각나서요. 나이도 그쪽이랑 동갑이었고…….

지현 그쪽이랑 닮았으면 확실히 맞을 거예요, 용팔이가.

대현 다른 환자나 간호사들도 형제 아니냐고 물어볼 정도였으니까.

지현 진성초등학교 나온 용팔이 맞아요?

대현 그 용팔 씨가 어느 초등학교를 나왔는지까지는 모르겠는데요.

지현 그럼 그 용팔이가 아닐 수도 있겠네요.

대현 그 용팔 씨가, 그 용팔 씨가 아닐 수도 있지만, 혹시 그 용팔 씨랑 연락이 되는 친구분은 없습니까?

지현 그건 잘 모르겠는데요. 저도 중학교 때 서울로 오면서 고향 친구들은 거의 연락이 안 돼서……. 그런데 그 용팔 씨가 어디가 아팠어요?

대현 함부로 말씀드릴 수 없는 문제라서…….

지현 아니, 그러면 말을 왜 꺼내셨어요?

대현 용팔이란 분이랑 친하셨던 것 같아서요.

지현 네, 친했어요. 어렸을 때요. 그런데 그쪽이 생각하는 그 용팔이가 아닐지도 모르는데, 왜 용팔이에 대해서 자꾸만 물어보냐구요?

대현 아까도 말씀드렸듯이, 저와 닮았던 용팔이라는 환자분이 계셔서, 혹시 그분과 지금도 연락이 될 방법이 있는지 궁금했던 것뿐입니다.

지현 아까 말씀드렸잖아요, 중학교 때 이사 가면서 연락이 안 된다구요. 그쪽이랑 닮았던 용팔이란 환자가 어디가 아픈데요? 그 용팔이가 아닐 수도 있지만 그 용팔이가 맞을지도 모르잖아요. 그쪽 병원에서 연락처라도 알려 주시면 다시 연락해서 만날 수도 있고…….

대현 그게, 그럴 수 없을지도 모릅니다. 사실은 그분이, 며칠 전부터 연락이 되질 않습니다.

지현 네?

대현 제가 맡았던 용팔이라는 환자분이, 병원을 나가서 돌아오질 않으셨습니다.

지현 뭐라구요?

대현 큰 수술이어서, 그래서 이름을 외우고 있었습니다.

지현, 잠시 굳어 있다.

지현 그게, 무슨…… 얘기죠?

대현 그 환자분, 그분이 그쪽이 아는 그 용팔 씨가 맞을지는 모르겠지만…….

지현 자세히 좀…….

대현 위암이었습니다. 검사상으로는 가망이 있겠다고 생각했는데, 막상 들어가 보니까 여기저기 다 전이가 된 상태였어요. 수술 끝나고, 곧 다시 재발됐어요. 가망이 없었습니다. 마지막 준비를 하셔야겠다고 말씀드렸습니다. (사이) 고향에 다녀온다고 해서 외출을 허락했습니다. 그 뒤로 지금까지 연락이 안 되고 있습니다.

지현 설마, 그 용팔이가…….

대현 저, 아까도 말씀드렸듯이, 그 용팔 씨가 그 용팔이가 아닐지도 모릅니다.

지현 그렇죠? 그 용팔이가 그 용팔이가 아니겠죠?

대현 그런데 저랑 그렇게 많이 닮았습니까?

지현 네, 맞아요. 용팔이가 그쪽이랑 꼭 닮았어요. 혹시 고향이 어디라고 하던가요?

대현 강원도라고 들었는데…….

지현 (놀라서 말을 잇지 못한다.)

대현 아닐지도 모릅니다. 저랑 닮은 용팔이란 이름을 가진 사람이 어디 한두 명이겠습니까?

지현 그쪽처럼 생기고…… 용팔이란 이름을 가지고…… 고향이 강원도…… 그런 사람이 이 세상에 얼마나 많겠어요……. 용팔이가…… 그 김용팔이가…… 맞을 것 같아요…….

대현 죄송합니다. 초면에 이런 말씀 드려서…….

지현 (혼란스럽다.) 그러니까, 용팔이가…… 지금…… 죽을 수도 있는데…… 연락이 안 되고…….

대현 괜찮으세요? 물이라도 한 잔 드릴까요?

지현 네, 물.

대현, 자리에서 일어나 물을 가지러 간다.

대현 여기.

지현 네. (물을 마신다. 사이) 많이…… 아파했나요?

대현 그 정도로 전이된 상태면 안 아픈 게 이상한 겁니다. 당연히 아플 만큼 아팠겠죠.

지현 가족들은요? 누나가 한 명 있었던 것 같은데…….

대현 가족들에게 알리질 않으셨습니다. 끝내…….

지현 혼자서…… 얼마나 외로웠을까…….

사이.

지현 용팔이…… (울먹이며) 용팔이…… 언젠가 꼭 찾아야지 했는데……. 꼭 연락해서 만나야지 했었는데……. 미루고 미루다가…… 이제 만날 수도……. 맨날 김용팔, 하고 불렀는데. 김용팔, 야, 김, 용, 팔! 용팔아…….

암전.

제8장 : 어린 시절

용팔이와 지현이, 열 살이다.

비가 온다.

지현이는 우산을 들고 용팔이 집 앞에서 기다리고 있다.

지현 김용팔, 야, 김용팔!

용팔 (문을 열고 얼굴만 내놓고 있다.)

지현 야, 김용팔! 니 왜서 핵교 안 왔나?

용팔 몰라.

지현 야, 니가 나 데리러 안 와서 핵교 늦었잖아!

용팔 미안해.

지현 야, 미안해? 미안하믄 다나?

용팔 나 가이 대.

지현 워데 가는데?

용팔 몰라, 엄마가 워데 가이 된대.

지현 왜서?

용팔 몰라.

지현 야 김용팔, 나랑 저 바닷가 가자.

용팔 안 돼.

지현 너 증말 이러기나? 오늘 핵교도 안 오구, 바다도 안 가구.

지현, 장화를 신은 발로 용팔이에게 물을 튀긴다.

용팔 야, 하지 마, 차갑잖나.

지현 약오르제? 메롱.

용팔 니 진짜…….

용팔이도 지현에게 발로 물을 튀긴다.

지현 야, 하지 마, 하지 말래니.

둘은 그렇게 물을 튀기며 한동안 논다.

지현 김용팔, 우리 바다 가자.

용팔 안 돼.

지현 왜서?

용팔 몰라.

지현 야, 왜서?

용팔, 잠시 말이 없다.

지현 야, 김용팔!

용팔 야, 이지현…… 나 인제 아빠 읎다.

지현 어?

용팔 이제 아빠 읎아.

지현 아빠가 왜서 읎나? 너네 아빠 집에 안 계시나?

용팔 아빠 인제 안 오신대.

지현 정말? 왜서? 워데 가셨나?

용팔 아빠 병원에 갔는데, 인제 안 오신대.

지현 누가 그래?

용팔 엄마가.

지현 아빠 인제 안 온다고?

용팔 어. 인제 다시는 아빠 못 만난대.

지현 진짜나?

용팔 어…….

용팔이는 쭈그려 앉고 울음을 터뜨린다.

지현 야, 김용팔, 울지 마.

지현은 용팔이에게 다가가서 우산을 씌워 준다.

용팔은 계속 서럽게 운다.

지현이도 용팔이를 따라 울기 시작한다.

용팔 아빠, 아빠…….

지현 아저씨!

용팔 아빠, 흑, 어제까지, 흑흑, 있었는데, 어제, 아빠랑, 오징어 먹었는데, 아, 빠랑, 오징, 흑, 어, 튀김…….

지현 아저씨!

용팔 아빠, 가, 오징어, 흑, 오징어 튀김, 흑, 맛있다고, 그랬는데, 아빠가…….

용팔이와 지현이는 그렇게 운다.

울다가 지쳐서 둘은 울음을 멈춘다.

지현, 가방에서 초콜릿을 꺼내 용팔이에게 준다.

지현 김용팔, 니 이거 먹아.

용팔, 머뭇거리다 초콜릿을 받는다.

지현 오늘 핵교서 나눠 줬아.

용팔 고마워.

지현 그리구 숙제도 있아.

용팔 숙제 안 해.

지현 미술 숙제야. 비 오는 거 그리는 기야.

용팔 …… 알았아.

지현 우리 같이 미술 숙제 하자.

용팔 오늘은 안 댄대니. 벵원 가이 된대.

지현 벵원?

용팔 아빠가 벵원에 있대. 아빠 마지막으루 가시는 날이래.

지현 응.

용팔, 일어서서 집으로 들어가려 한다.

지현 야, 김용팔! 내일은 핵교 갈 거제?

용팔 응.

지현 내일 아침에 만나 핵교 같이 가자.

용팔 알았아.

지현 야, 김용팔!

지현, 우산을 쓴 채로 용팔이에게 다가간다.

지현 야, 우리 난중에 크믄 결혼할래?

용팔 어?

지현 우리 난중에 크믄 결혼하자고!

용팔 어? 결혼?

지현 왜서? 니 나 싫나?

용팔 아니, 그건 아닌데…….

지현 그름 나랑 결혼하는 기다?

용팔 알았아.

지현 그름 우리 결혼하는 기다?

용팔 알았다고.

지현 야…….

지현, 용팔이에게 다가가서 볼에 살짝 뽀뽀를 한다.

그리고 부끄러운 듯이 도망간다.

용팔 야, 이지현!

지현, 돌아보면

용팔 잘 가.

지현 안녕.

용팔이와 지현, 그렇게 서로 마주보고 있다.

암전.

—막—

《서울연극제 희곡집》(연극과인간, 2012)

* 수업 활용을 위해 원문에서 일부를 덜어 내었습니다.

활동거리

1 이 작품에는 다양한 인물이 등장하여 '용팔'을 회상합니다. 그 내용을 통해 용팔이가 어떻게 살아왔는지 간단하게 정리해 봅시다.

2 이 작품에 등장하는 인물들은 '용팔'을 어떤 사람으로 기억하고 있는지 빈칸을 채우면서 정리해 봅시다.

1장	이용팔에게 용팔은	건방진 후배, 이상만 좇다 현실을 도피한 비겁한 인물
	민호에게 용팔은	
2장	나진에게 용팔은	
	경훈에게 용팔은	술을 별로 안 마시는 친구, 남들에게 친절하지만 회사에 잘 적응하지 못하는 동료
4장	대식과 건희에게 용팔은	
5장	주인아주머니에게 용팔은	
	연희에게 용팔은	뭔가 사연이 있는 듯한 그림을 남기고 떠난 총각
7~8장	대현에게 용팔은	위암 판정을 받고 갑자기 연락이 끊긴 환자
	지현에게 용팔은	

3 이 작품에 나오는 소재인 '연극', '그림', '오징어'가 용팔이의 인생과 성격을 알려 주는 데에 어떤 도움을 주는지 이야기해 봅시다.

4 이 작품으로 연극 공연을 한다면 여러분은 어떤 인물을 연기하고 싶습니까? 맡고 싶은 역할을 두 명 정도 고르고, 그 인물의 특성을 잘 살리려면 무엇에 중점을 두고 연기해야 할지 연구하여 적어 봅시다.

5 이 작품의 서두에서 작가는 '용팔이는 인연을 만들어 주는 관계 대명사'라고 말합니다. 이 말의 의미가 무엇인지 작품의 내용을 통해 생각해 봅시다.

6 여러분 주변의 사람들은 여러분에 대해 어떤 특별한 기억을 갖고 있는지 이야기를 들어 봅시다. 그리고 그 기억들과 여러분의 실제 모습이 얼마나 유사한지 생각해 봅시다.

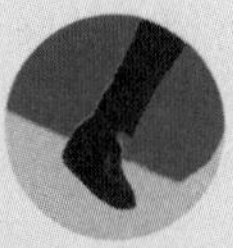 

정보 쌈지

연극, 실제로 해 보기

하나. 연극 대본 쓰기

둘. 성공적으로 연극 공연하기

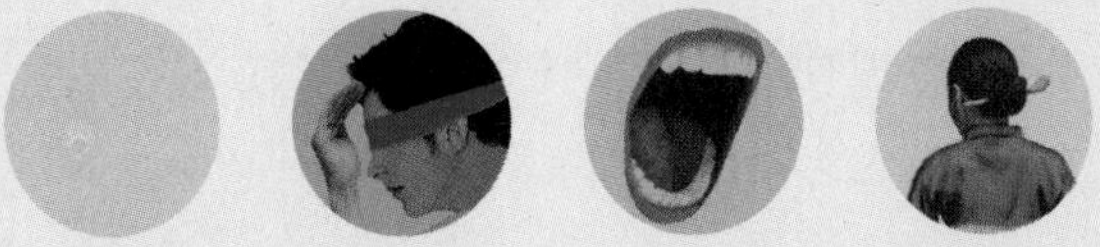

하나.

연극 대본 쓰기

훌륭하고 재미있는 희곡 작품을 읽거나 멋진 연극 공연을 보는 것도 좋지만, 우리가 직접 쓴 대본으로 공연을 한다면 그때 느끼는 감동은 그 어떤 것보다 클 것입니다. 물론 연극을 한 번도 해 본 적이 없다면 대본을 직접 써서 공연을 하는 것이 굉장히 막막하게 느껴질 것입니다. 하지만 모든 것은 원래 생각만 할 때가 훨씬 어렵게 느껴지는 법입니다. 연극은 혼자 하는 것이 아니므로 연극을 같이 만들 친구들과 모여서 함께 부딪쳐 봅시다. 혼자서는 못할 것 같았던 일들이 친구들과 머리를 맞대고 몸을 부대끼는 과정에서 점차 풀려 나가게 됩니다.

1. 무슨 이야기를 할까 – 소재, 주제, 배경

연극 대본을 쓸 때 가장 먼저 할 일은 우선 이야깃거리(소재)를 찾고 그 이야기를 통해 관객들에게 전달하고자 하는 바(주제)가 무엇인가를 정하는 것입니다. 내 주변이나 우리 사회에서 일어난 일들 가운데 갈등을 담고 있으면서 생각해 볼 가치가 있는 진실한 이야기, 그리고 관객이 공감할 수 있는 이야기가 좋겠지요.

주제를 아무렇게나 정하면 허망한 연극이 될 수밖에 없습니다. 이야깃거리를 결정한 후에는 이 연극에서 하고 싶은 말을 한 문장으로 정리하여 명확하게 써 보는 것이 좋습니다. 예를 들면 '사랑과 우정'이라고 쓰지 말고 '사랑보다 우정이 소중하다'라고 쓰는 것이 선명한 이야기 구성에 도움이 됩니다.

이야깃거리가 정해지고 나면 그 이야기가 언제, 어디에서 일어나는 것인지를 정해야 합니다. 옛날 얘기인지 요즘 얘기인지, 사건이 생기는 장소가 어디인지를 최대한 구체적으로 정합니다. 연극은 제한된 무대에서 공연되므로 시간과 장소가 지나치게 확장되지 않도록 하는 것이 좋습니다.

2. 어떤 사람이 나오면 좋을까 – 등장인물

먼저 연극의 주인공을 정합니다. 주인공은 모든 사건의 핵심이 되는 인물이고 연극을 이끌고 나가는 인물이기 때문에, 앞에서 결정한 주제를 잘 드러낼 수 있는 인물로 정해야 합니다. 그렇게 주인공을 정하고 나면 주인공과 관계를 맺을 다른 인물들을 설정합니다. 너무 많은 사람들이 나오면 관객이 혼란스러워 할 수도 있기 때문에 꼭 필요한 인물들로 제한합니다.

등장인물을 모두 결정한 다음에는 이 인물들이 각자의 개성을 지닌 인물로 살아 있도록 각각 특성을 부여해야 합니다. 극중 역할, 다른 인물과의 관계, 뚜렷한 성격, 외모, 나이, 성별, 직업, 사고방식, 습관 등을 구체적으로 설정하는 것이지요. 특히 외모나 습관 등은 인물의 성격을 두드러지게 보여 줄 수 있도록 인물의 독특한 개성을 반영하는 것이 중요합니다.

3. 어떤 일이 생기도록 할까 – 사건과 줄거리

이번에는 인물들 사이에서 어떤 사건이 생길지 정합니다. 하나의 사건만으로는 주제를 전달하기 어려우므로 여러 개의 사건이 벌어지는 과정을 통해 주제가 드러나도록 합니다. 이때 가장 중요한 사건은 강조하여 자세히 만들고 다른 사건들과 긴밀하게 연결되도록 합니다. 먼저 대략적인 사건들을 나열하여 이야기의 간단한 뼈대를 잡은 후, 간단한 줄거리를 좀 더 구체화하여 한 쪽 이상의 자세한 줄거리를 써 봅시다.

4. 줄거리 확인하고 인과관계 구성하기

우리 모둠이 쓴 줄거리를 읽고, 다음 사항을 고려하여 부족하거나 고쳐 쓸 부분을 보충해 봅시다.

1) 사건이 일어나기 전 암시와 정보 등이 충분히 제공되었는가?
2) 인물의 행동은 그러한 반응과 행동을 유발할 수 있는 동기를 충분히 갖추었는가?
3) 심한 갈등과 충돌은 충분히 일어날 만한 것인가?
4) 우리 모둠이 이야기하려는 주제에 잘 접근하고 있는가?

5. 이야기를 어떤 순서로 전달할까 – 구성

여러 개의 사건을 어떤 순서로 보여 줄 것인지도 정해야 합니다. 사건이 일어난 시간 순서대로 나열할 것인지, 결과를 먼저 제시한 뒤 거슬러 올라가면서 원인을 알게 할 것인지, 과거와 현재를 교차로 보여 줄 것인지, 몇 개의 사건을 에피소드식으로 나열할 것인지가 결정되어야 대본 쓰기 작업에 들어갈 수 있습니다.

6. 장면 쓰기

희곡은 대사와 무대 지시문으로 이루어지는 거 알고 계시죠? 대사는 구어체로 쓰고, 이야기하려는 바를 압축해서 너무 길지 않게 씁니다. 무대 지시문은 인물의 등퇴장, 감정 변화, 동작뿐 아니라 무대, 조명, 의상, 음향 등을 나타내도록 합니다.

① 끝 장면을 알고 쓰기

우리 모둠이 말하고 싶은 주제가 무엇인지 명확히 하고, 그에 가장 어울리는 마지막 장면을 먼저 써 봅시다. 즉, 우리가 이 작품에서 무엇을 말하고 싶은지를 명확히 해야 합니다. 우리 이야기의 결말이 어디로 가야 할지 방향 감각을 갖고 그 결과를 향해 사건을 긴밀하게 짜야 합니다. 그러므로 우리 작품의 마지막 장면을 구체적으로 써 본 후, 여기에서부터 거슬러 올라가면 극 전체를 어떻게 다루어야 할지 윤곽을 떠올릴 수 있게 됩니다.

끝 장면을 먼저 쓰는 것은 우리가 전달하려는 주제를 선명하게 부각시킬 수 있고 이야기가 산만해질 위험이 적다는 점에서 매우 유용한 방법입니다. 하지만 이야기를 순서대로 풀어 나가는 과정에서 좀 더 생동감 있는 인물이 태어날 수도 있고 처음 구상 단계에서 미처 의도

하지 않았던 극적인 반전이 생겨나기도 하므로 모둠의 특성에 따라 적절한 방법을 선택하는 것이 좋습니다.

② 첫 장면 쓰기

첫 장면은 관객의 흥미와 상상력을 불러일으키는 도입부라는 점을 염두에 두고 씁시다.
다루고자 하는 극적 사건은 가장 효과적인 시점에서 시작하는 것이 바람직합니다. 막이 오르기 전부터 인물들은 이미 각자의 삶을 살고 있었다는 점을 잊지 맙시다. 그러므로 인물이 태어나고 성장하는 과정을 시시콜콜 처음부터 보여 주는 것은 전혀 흥미롭지 못합니다. 갈등이 곪아서 부어오를 대로 부어오른 그 순간에서 극을 시작해 봅시다.
첫 장면에서 등장인물의 성격과 주인공이 목표하는 욕망, 인물 간의 갈등을 어떻게 예고할까를 고려하여 써 봅시다.

③ 중간 부분 쓰기

희곡의 앞부분에 제시한 정보, 인물 간 관계, 갈등 등이 결말을 향해 개연성 있게(그럴 법하게) 변화해 가도록 사건을 전개합니다.
여러 명이 장면별로 나누어 써도 좋습니다. 다만 다 쓰고 난 후에는 각 장면이 자연스럽게 이어질 수 있도록 확인하는 과정이 반드시 필요합니다.

④ 전체 쓰기

장면별로 나누어 쓴 것을 모아 우리 모둠이 선택한 구성 방식에 맞게 하나의 이야기로 이어 봅니다. 이때 반드시 주의해야 할 점은, 장면이 지나치게 자주 바뀌어서는 안 된다는 것입니다. 연극은 제한된 무대에서 제한된 시간에 공연된다는 점을 잊지 맙시다. 장면이 자주 바뀌면 불을 자주 꺼야 하는데 암전이 너무 많을 경우 극의 흐름이 뚝뚝 끊어지게 되어 관객이 극에 몰입할 수 없게 됩니다. 따라서 꼭 필요한 경우에만 암전이 되도록 하는 것이 좋습니다. 무대 장치를 바꾸지 않아도 되는 경우라면 불을 끄는 대신 배우나 소도구 등을 활용하여 다른 방법으로 장면 전환을 하는 것이 오히려 효과적인 경우도 많습니다.

7. 무대 지시문 보완하기

대본이 완성되면 전체 내용을 한 흐름으로 읽어 보고 배우들의 행동뿐 아니라 무대 장치나 조명, 의상, 음향, 소품 등이 효과적으로 지시되어 있는지 점검하여 보완합니다. 특히 무대는 작품의 배경이 되면서 인물의 심리나 주제를 상징적으로 전달하므로 함께 논의하여 반영하도록 합니다.

둘.

성공적으로 연극 공연하기

1. 작품 분석하고 역할 정하기

대본을 함께 썼을 경우에는 작품 분석 과정이 따로 필요하지 않을 수도 있습니다. 이미 이 작품을 통해 전달하려는 주제나 강조해서 표현할 갈등과 사건, 등장인물의 성격 등을 다 알고 있기 때문입니다. 다시 한 번 검토하면서 각 인물에 어울리는 사람을 정하고 무대, 조명, 의상, 음향, 소품 등의 역할도 나누어 맡습니다. 무대, 조명, 의상, 음향, 소품을 맡은 사람들은 대본을 꼼꼼하게 점검하여 지시문에 구체적으로 적혀 있지 않은 부분까지도 구체화하여 준비해야 하므로 매우 중요합니다. 작품의 주제를 형상화하고 인물의 성격이나 심리 변화를 간접적으로 표현해야 하기 때문에 세심한 배려가 필요하답니다.

2. 대본 읽고 대사 외기

배역을 나누어 대사 연습을 하는 과정입니다. 대본을 읽을 때부터 맡은 인물의 감정이 잘 살아나도록 적절한 억양과 호흡으로 읽어야 합니다. 이를 위해서는 자신의 대사를 자세히 분석하여 어느 부분에서 쉬고 어떤 단어를 강조할 것인지 꼼꼼히 메모해 두는 것이 좋지요. 또한 상대방의 대사까지 외울 만큼 충분히 읽어야 무대에서 긴장하지 않고 극의 흐름을 살릴 수 있습니다. 대사를 완벽하게 외지 못하면 대사가 관객들에게 잘 전달되지 않을 뿐 아니라 실수를 연발할 수도 있습니다.

3. 동작선 만들기

대사를 완전히 외지 못했다 할지라도, 대본을 보면서 자연스럽게 대사를 주고받을 수 있는 정도가 되면 동작선을 만들기 시작합니다. 즉, 무대에 어떻게 등장하고 퇴장할 것인지, 무대를 어떻게 활용할 것인지를 정하는 것입니다. 구체적으로는 어떤 대사를 할 때 무대의 어디에서부터 어디까지 어떤 속도로 걸어갈 것인지, 무대 위 배우들의 위치는 각각 어디인지, 어떤 자세로 서거나 앉아 있을 것인지, 언제 앉고 언제 설 것인지 등을 모두 정해야 하는 과정입니다. 이 부분에서 무대에 함께 있는 배우들끼리 약속을 잘 정해야 안정감 있는 무대가 됩니다.

4. 장면별 연습하기

연습을 할 때마다 연극의 처음부터 끝까지를 모두 이어서 하는 것은 비효율적입니다. 따라서 극 전체를 등장인물 또는 갈등 상황에 따라 몇 개의 장면으로 나누어 밀도 있게 연습하는 것이 좋습니다. 이때에는 무대와 관객석을 가정하고 대사와 동작을 모두 맞추어 연습해야 하므로 걸음걸이나 손짓 등 배우들의 구체적인 몸동작도 모두 완성해야 합니다.

5. 총연습 하기

장면별 연습이 모두 이루어지면 장면을 모두 이어 극 전체를 실제 공연하듯이 한 호흡으로 연습합니다. 이때 중요한 것은 반드시 실제 공연 장소에서 연습을 해 보아야 한다는 점입니다. 공연할 무대에 맞춰 동작선을 다듬고 등퇴장 연습을 하지 않으면 실제 공연할 때 우왕좌왕하게 될 수도 있기 때문입니다. 또 하나 꼭 필요한 과정이 조명, 음향 등을 사용하여 실제 공연과 똑같이 맞추어 보는 것입니다. 이 과정을 거치지 않으면 아무리 연습을 많이 했어도 성공적인 공연을 하기 어렵습니다.

연극 처음 해 보는데…… 실수하면 어떡하죠?
»» 요걸 주의하세요!

관객에게 등 돌리기

관객을 등지게 되면 대사 전달뿐 아니라 표정 전달도 어렵지요. 관객들은 배우의 얼굴과 눈을 보고 싶어 합니다. 대사가 없거나 퇴장할 때에도 특별한 의도가 없는 한 관객에게 뒷모습은 보이지 않는 것이 좋습니다. 여러 명이 대화를 나누면서 아예 동그랗게 그들만의 원을 만들어 버림으로써 관객들을 소외시키는 경우도 주의해야겠죠?

너무 빠른 대사

무대에 서기 전 학생들이 가장 두려워하는 것이 대사 잊어버리기라 할 수 있겠죠. 그래서 대부분의 학생들이 대사를 까먹지 않으려고 긴장한 나머지 속도 조절을 못하고 달달 외듯 빠르게 진행하는 경우가 많습니다. 대사를 잊지 않은 대신 연극의 전체 흐름을 완전히 망쳐 버리는 거죠. 연습할 때의 속도를 유지합시다.

기어들어 가는 목소리와 웅얼거리는 발음

처음 무대에 서게 되면 떨리고 자신감이 없어서 소리가 안으로 기어들어 가면서 말끝을 흐리게 되지요. 발음도 평소보다 열 배쯤 신경 써서 하지 않으면 관객석에서는 알아듣지 못하게 됩니다. 소리도 작은데 발음까지 뭉개진다면 대사 전달이 전혀 안 되겠죠?

불필요하게 많은 동작

수업 시간에 친구들이 발표하는 것을 본 적 있나요? 상당수 학생들이 자기 몸을 제어하지 못하고 다리를 떨거나 이리저리 왔다 갔다 하거나 팔과 손을 필요 이상으로 흔들고 얼굴을 만집니다. 보는 사람의 주의를 산만하게 하는 행동이지요.

대사가 없을 때 딴짓하기

다른 사람이 대사를 할 때에는 특별한 이유가 없는 한 그 사람에게 집중을 해야 합니다. 자기 대사가 없다고 혼자 다른 곳을 쳐다보거나 관객석의 친구와 눈짓을 주고받거나 고개를 숙이고 발장난을 해서는 안 됩니다. 무대에 서 있는 이상 관객들의 시선에 완전히 노출되어 있다는 사실을 잊지 말아야죠?

무대 좁게 쓰기

공연 장소가 교실이든 강당이든, 무대는 의외로 상당히 넓습니다. 그런데 대부분의 학생들은 무대를 매우 좁게 사용하는 경향이 있습니다. 즉, 앞쪽 가운데에만 몰려 서서 대사를 주고 받거나, 여러 명이 한꺼번에 등장해 있을 경우 일직선으로 서서 연기를 하는 것이죠. 무대 좌우와 앞뒤를 폭넓게 활용해야 공간이 자연스럽게 살아나면서 움직임이 어색하지 않게 보입니다.

무대에서 멋들어진 연기를 하고 싶다구요?
››› 이렇게 해 보세요!

인물의 성격 창조가 가장 중요하다

같은 연극, 같은 역할, 같은 대사라도 인물의 성격을 어떻게 창조하느냐에 따라 연기는 180도 달라질 수 있답니다. 예를 들어, 〈로미오와 줄리엣〉은 수없이 많이 공연되었지만 즉흥적이고 다혈질인 성격을 부각하느냐 사랑을 위해 죽음도 기꺼이 선택하는 낭만적인 성격을 부각하느냐에 따라 로미오의 말투와 행동 방식이 크게 달라진다는 것이죠.

흔히 '마음이 동작을 만든다'고 하지요. 분노든 슬픔이든 우선 마음이 있고, 그 마음이 동작이나 대사를 하게 한다는 것입니다. 그러므로 내가 맡은 인물이 어떤 성격인지를 파악하고, 그 인물이 어떤 말이나 행동을 할 때 어떤 마음이었는지를 완전히 이해해야만 설득력 있고 생동감 있는 인물로 만들어 낼 수 있습니다.

내가 직접 그 인물의 상황(환경)에서 살아 보거나 또는 비슷한 사람을 주변에서 찾는다

인물의 성격을 잡아낸 다음에는 이것을 어떻게 관객에게 알릴지 궁리해야 합니다. 관객에게 인물의 특성을 설명할 수는 없으므로 독특한 행동과 말투로 보여 주어야 하지요. 우선 내가 직접 그 인물이 되어 보는 것이 좋습니다. 시각 장애인 역할을 맡은 배우는 자기 눈을 가리고 생활해 봄으로써 그 인물의 마음과 상황을 조금이라도 이해하게 되는 것이죠.
또 주변 인물 중에서 표현해야 하는 성격의 인물을 찾아서 그 사람의 걸음걸이나 말투, 성격이 드러나는 습관이나 장신구 등을 관찰하여 모방하는 것도 많이 쓰이는 방법입니다. 사소한 습관 하나가 놀랄 만큼 개성 있고 생동감 있는 인물을 만들어 줍니다. 소심한 성격을 표현하기 위해 기어들어 가는 목소리로 더듬으며 말한다든지, 깔끔하고 새침한 성격을 자기 수저를 가지고 다니는 행동으로 나타낸다든지, 완벽주의 성향을 비뚤어지게 놓인 물건을 참지 못하는 것으로 보여 주는 경우가 이에 해당합니다.

실감 나는 감정 표현 – 경험과 기억에서 감정을 끌어올린다

연극에서는 웃거나 우는 연기를 해야 할 때가 많지요. 그런데 이러한 감정 표현을 갑자기 하는 것은 매우 어렵습니다. 자칫 어색한 웃음이나 억지 울음이 되기 쉽지요. 자연스러운 감정 표현을 위해서는 자신이 실제로 겪었던 일 가운데 즐거웠거나 슬펐던 기억을 떠올리고 거기에 집중하여 감정을 끌어내는 것이 좋습니다.

대사는 여유 있게, 강조하고 싶으면 한 박자 쉰다

앞에서 이야기했듯 대사를 할 때에도 인물의 성격에 맞게 하되, 빨라지지 않도록 여유 있게 정확한 발음으로 전달합니다. 특히 강조할 말 앞에서는 잠깐 한 박자 쉬었다가 대사를 하는 것이 효과적입니다. 예를 들어, "나는 너를 사랑해."라는 대사를 할 때 '내가 사랑하는 사람이 너'라는 것을 강조하고 싶다면 "나는(숨 한 번 쉬고) // 너를 사랑해."라고 하고, '사랑한다'는 감정을 강조하고 싶다면 "나는 너를 (잠시 사이를 두고) // 사랑해." 하는 식으로요. 훨씬 인상적인 연기가 될 수 있답니다.

대사가 입에 붙지 않으면 내 말투에 맞게 고친다

대본을 쓴 사람과 연기하는 사람의 말투가 다르거나 대본상의 대사가 문어체여서 어색한 경우가 있을 것입니다. 그럴 때에는 대본의 대사를 어색하게 그대로 연기하기보다는 대사의 의미를 벗어나지 않는 범위에서 자연스럽게 내 입말에 맞게 고쳐 말하는 것이 훨씬 더 효과적입니다.

연극 수업 준비 학습지 1

(　　　)학년 (　　　)반 이름:
모둠 이름:　　　　　　모둠 대표:

모둠원 이름								
모둠원 역할	토의 진행	서기(기록)						

1. 소재 정하고 간단한 줄거리 잡기

우리 모둠이 공연할 수 있는 연극의 소재(알맞은 이야깃거리, 하고 싶은 이야기)를 찾아 적어 봅시다.

모둠원 이름	
짧은 줄거리	

※ 여기서 잠깐! 희곡을 쓸 때 꼭 생각해야 할 것들

1. 우리가 중요하게 생각하는 문제가 반영되어 있는가?
2. 우리의 희곡으로 공연을 할 때 관객이 공감할 수 있는가?
3. 우리의 이야기는 존엄성과 존경심을 갖고 인간을 대하고 있는가?
4. 우리의 이야기가 인생에 대한 안목을 넓히고 이해를 깊게 하는 데 도움이 되는가?

2. 배경 정하기

이 이야기가 벌어지는 시간과 장소를 구체적으로 정해 봅시다.

3. 등장인물 정하기

우리 모둠이 공연할 연극에 등장할 인물들을 정하여 각 인물을 구체적으로 정리해 봅시다.

등장인물 / 인물 탐색	인물 1 ( )	인물 2 ( )	인물 3 ( )	인물 4 ( )	인물 5 ( )	인물 6 ( )	인물 7 ( )
극중 역할은 무엇입니까?							
몇 살입니까?							
지금 하는 일이 무엇입니까? (직업/지금 하고 있는 일)							
지금 가장 하고 싶어 하는 것은 무엇입니까?							
무엇을 싫어하지요?							
어떤 성격입니까?							
성격을 드러낼 수 있는 특별한 버릇은 무엇입니까? (말투, 손짓 등)							
성격을 드러낼 수 있는 외모나 분위기의 특징은 무엇입니까?							
다른 사람들과의 관계는 어떻습니까? (갈등, 대립 관계, 호의적 관계 등)							

4. 인물 간의 관계 그려 보기

주인공을 중심으로 등장인물 간의 관계를 맵 형태로 나타내 봅시다.

연극 수업 준비 학습지 2

(　　　)학년 (　　　)반 이름:

모둠 이름:　　　　　모둠 대표:

모둠원 이름								
모둠원 역할	토의 진행	서기(기록)						

1. 자세한 줄거리 쓰기

우리 모둠이 잡았던 간단한 줄거리를 좀 더 자세한 이야기로 써 봅시다.

2. 줄거리 확인하고 인과 관계 구성하기

우리 모둠이 쓴 줄거리를 읽고, 다음 사항을 고려하여 부족하거나 고쳐 쓸 부분을 보충해 봅시다.

1) 사건이 일어나기 전 암시와 정보 등이 충분히 제공되었는가?
2) 인물의 행동은 그러한 반응과 행동을 유발할 수 있는 동기를 충분히 갖추었는가?
3) 심한 갈등과 충돌은 충분히 일어날 만한 것인가?
4) 우리 모둠이 이야기하려는 주제에 잘 접근하고 있는가?

3. 장면 쓰기

① 끝 장면을 알고 쓰기

- 우리 모둠이 말하고 싶은 주제가 무엇인지 명확히 하고, 그에 가장 어울리는 마지막 장면을 먼저 써 봅시다. 즉, 우리가 이 작품에서 무엇을 말하고 싶은지를 명확히 해야 합니다. 우리 이야기의 결말이 어디로 가야 할지 확실한 방향 감각을 가지고 그 결과를 향해 사건을 긴밀하게 짜야 합니다. 그러므로 우리 작품의 마지막 장면을 구체적으로 써 본 후, 여기에서부터 거슬러 올라가면 극 전체를 어떻게 구성해야 할지 윤곽을 떠올릴 수 있게 됩니다.

② 첫 장면 쓰기

- 첫 장면은 관객의 흥미와 상상력을 불러일으키는 도입부라는 점을 염두에 두고 씁시다.
- 다루고자 하는 극적 사건은 가장 효과적인 시점에서 시작하는 것이 바람직합니다. 막이 오르기 전부터 인물들은 이미 각자의 삶을 살고 있었다는 점을 잊지 맙시다. 그러므로 인물이 태어나고 성장하는 과정을 시시콜콜 처음부터 보여 주는 것은 전혀 흥미롭지 못합니다. 갈등이 곪아서 부어오를 대로 부어오른 그 순간에서 극을 시작해 봅시다.
- 첫 장면에서 등장인물의 성격과 주인공이 이루고자 하는 욕망, 인물 간의 갈등 등을 어떻게 예고할지를 고려하여 첫 장면을 써 봅시다.

③ 중간 부분 쓰기

- 첫 장면과 끝 장면을 완성했다면, 이제 중간 부분을 써서 전체 대본을 완성해 봅시다.
- 희곡의 앞부분에 제시한 정보, 인물 간 관계, 갈등 등이 결말을 향해 개연성 있게(그럴 법하게) 변화해 가도록 사건을 전개해 봅시다.
- 여러 명이 장면별로 나누어 써도 좋습니다. 다만 다 쓰고 난 후에는 각 장면이 자연스럽게 이어질 수 있도록 확인하는 과정이 반드시 필요합니다.

희곡 읽기 평가지

(　　　)학년 (　　　)반 이름:

모둠 이름:　　　　　　모둠 대표:

1. 각 모둠의 발표를 잘 듣고, 다음 내용에 대해 평가해 봅시다.

평가 항목	A	B	C	D	비고
모둠원 전체가 골고루 참여했는가? (특정한 사람에게 집중되어 있지 않은가?)					
인물의 감정이 잘 살아나도록 표현하는가?					
맡은 인물의 특성을 잘 반영하여 표현하는가? (인물의 나이, 성별, 성격, 등)					
대사를 전달하는 목소리의 크기와 빠르기, 호흡이 적절한가?					
발음이 분명하여 대사가 잘 전달되는가?					
전체 내용과 사건 전개를 잘 이해하였는가? (전체 흐름을 깨지 않는가?)					
청중의 호응을 얻었는가?					

- 가장 칭찬할 만한 점:
- 조금 아쉬운 점:
- 가장 연기력이 뛰어난 사람:

2. 우리 반에서 가장 발표를 잘했다고 생각되는 모둠은? 그 이유는?

연극 공연 평가지

(　　　)학년 (　　　)반 이름:
모둠 이름:　　　　　모둠 대표:

1. 각 모둠의 연극 공연에 대해 평가해 봅시다.

평가 항목	A	B	C	D	비고
모둠원 전체가 자기 역할을 충실히 수행했는가?					
극의 전개와 진행이 매끄럽고 자연스러운가?					
배우들의 연기가 호흡이 잘 맞고 표현력이 뛰어난가?					
무대 장치, 소품, 조명, 음향 등을 효과적으로 활용하였는가?					
관중의 호응을 얻었는가?					

- 가장 칭찬할 만한 점:
- 조금 아쉬운 점:
- 가장 연기력이 뛰어난 사람:

2. 우리 반에서 가장 연극 공연을 잘했다고 생각되는 모둠은? 그 이유는?

문학시간에 희곡읽기 2

엮은이 | 전국국어교사모임

1판 1쇄 발행일 2005년 8월 30일
개정판 1쇄 발행일 2013년 10월 7일

발행인 | 김학원
경영인 | 이상용
편집주간 | 위원석
편집장 | 최세정 황서현
기획 | 문성환 박민영 박상경 나희영 임은선 최윤영 조은화 전두현 최인영 정다이 이보람
디자인 | 김태형 임동렬 유주현 최영철 구현석
마케팅 | 이한주 하석진 김창규 이선희
저자·독자 서비스 | 조다영 함주미(humanist@humanistbooks.com)
스캔·출력 | 이희수 com.
용지 | 화인페이퍼
인쇄 | 청아문화사
제본 | 정민문화사

발행처 | (주)휴머니스트 출판그룹
출판등록 | 제313-2007-000007호(2007년 1월 5일)
주소 | (121-869) 서울시 마포구 동교로23길 76(연남동)
전화 | 02-335-4422 팩스 | 02-334-3427
홈페이지 | www.humanistbooks.com

ISBN 978-89-5862-650-3 44810
ISBN 978-89-5862-648-0 (세트)

만든 사람들

편집장 | 황서현
기획 | 문성환(msh2001@humanistbooks.com) 박민영
편집 | 이영란
디자인 | 김태형 최영철
일러스트 | 이시내

• 이 도서의 국립중앙도서관 출판시도서목록(CIP)은 서지정보유통지원시스템 홈페이지(http://seoji.nl.go.kr)와 국가자료공동목록시스템(http://www.nl.go.kr/kolisnet)에서 이용하실 수 있습니다.(CIP제어번호: CIP2013015733)